目录

PAGE. 001
1

PAGE. 026
2

PAGE. 029
I

PAGE. 036
3

PAGE. 046
II

PAGE. 050
4

PAGE. 067
5

PAGE. 075
III

PAGE. 083
6

PAGE. 091
7

PAGE. 102
8

PAGE. 108
IV

PAGE. 114
9

PAGE. 123
V

PAGE. 131
10

PAGE. 148
VI

PAGE. 165
11

PAGE. 168
VII

PAGE. 187
12

PAGE. 199
VIII

PAGE. 207
13

PAGE. 212
14

PAGE. 218
IX

PAGE. 229
15

PAGE. 233
X

PAGE. 251
16

PAGE. 258
XI

PAGE. 262
17

PAGE. 264
18

1

听众席上，当介绍完自己是一名退休的中学教师之后，这位满头银发的女士就这些非常小众的历史问题开始了大胆而自由的发言。她的声音像瓷器一般细腻，带着上了年纪的女士所共有的坦率，她有一种可以抛开任何形式主义的天赋和魅力，将事情以最简单的方式表达出来。

里斯本国际大会在山丘上的贝尔蒙特宫举行，这里聚集了不少作家和研究里斯本的专家，他们不想错过在这初春时节逃离寒冷欧洲的机会。会议上，大家主要讨论了几个世纪以来城市中的黑奴问题，以及他们在地名中留下的痕迹，《国王喷泉》这幅画投影在会议室的一面墙上。葡萄牙民众对混血儿背后的秘密愈发感兴趣，在场人士也对此愈加关注，其中包括国际知名的一些法国作家。

利奥波迪娜像介绍她的老熟人一样继续介绍画中的人物：黑人男女、奴隶和摩尔人，他们的名字和生活的时期，甚至还推测用16世纪的葡萄牙语如何发音，以及当时常见的侮辱和谩骂的词汇。一条深褐色的披肩遮住了她白色的针织外套，她穿着略有磨损的牛仔裤，系着方扣腰带，脚着棕色的靴子，在我看来这个形象过于新嬉皮。在会议的休息时间里，我看到她在贝尔蒙特宫的图书馆里散步，翻阅一本关于水稻种植的书。

几天前，我接到一个电话。出乎我意料的是，除了邀请文学和相关领域的专家，会议主办方认为还应该邀请我这个来自大西洋萨赫勒群岛，却生活在这个白色、平缓丘陵城市的少数群体代表作为观察员。可他们不知道的是，电话那头的我当时正带着对养育自己的岛国的深深愧疚感，在寻找佛得角移民家庭特殊轨迹的平衡中返回如今生活的国家。在某种程度上，我们葡萄牙语中所说的"思念"，在许多年前随着戴脚镣的黑奴们从南方渡海来到这里。

但这是另一个故事。

/

临近中午，当嘉宾和公众去吃午饭时，我拿了一张16世纪画作《国王喷泉》的复制品，走下城堡所在的山丘，去阿尔法玛区看喷泉的遗址。

在路上，我想到了画上的那些人，他们应该从来没想过自己会被观察和复制在画布上，他们也不会相信有人能注意到他们微不足道的存在。我试着想象那位不知名的画家如何在1570年至1580年之间，决定用画笔以典型的北欧绘画风格记录下这个街景，并最后创作出这幅具有极高文献价值的画作。这幅画将这群被忽视的人群的形象和足迹传递给了后世。

这幅画作质量不高，尽管画家满腔雄心壮志，但缺乏天赋，不过作为历史记录，它在很大程度上证明了这个注定将随时间流逝而消失的群体的存在。我费了些工夫数清画中的136个人物，其中有79名黑人，7个孩子在人群中奔跑。第一眼看上去没有任何可以证明他们是奴隶的证据，甚至可以说这幅画似乎在尽可能地忽略这个事实。至少在他们每天排队装满尽可能多的罐子时，他们与其他人聊天、大笑、欢呼或抗议，谈论那个时代不能给黑人提供任何东西，更不要说是给奴隶。

只要稍加想象，我们仿佛就能听到那些从热带地区被掠夺到里斯本的各族黑人的喧哗声和笑声，甚至还能闻到他们身上穿着奇怪欧洲衣服时所散发出的气味。黑人女子性感的体态，在长裙下乌黑发亮的皮肤和头上顶着的罐子，很可能是最吸引画家注意的地方。他从来没有在欧洲的公共场所见过这么多欢乐、喧闹和性感的黑人，尤其在16世纪人口众多的里斯本，这些黑人与世界各地的香料一起被运到这里。因此，可以理解这位外国画家想要将这种不寻常的日常记录下来的冲动。

国王喷泉占据了画作的右半部分，画家记录下围绕六个白色马头形喷水嘴的世界。三座拱顶和三座拱门由两根同色的柱子支撑，中庭长17.6米、宽8.8米。在柱子和拱顶以及拱门顶部的平台上种有植物,可能是百合花,还有摩尔人风格的装饰设计和圆点。中间拱门上有皇家纹章,侧拱门上方有一个兽首。

喷泉的整个门廊位于摩尔人旧城墙遗址的两座塔楼之间,为那些要在此长时间等待的人提供遮蔽。

阿尔法玛之水的名声历史悠久。

维特鲁威[1]在他的作品《建筑学》第八册《水利建筑》中谈到了城市东部的水资源,在描述里斯本市的时候,特别强调市中心有著名的温泉。几个世纪后,学者达米昂·德戈伊斯[2]也对喷泉赞不绝口,并称赞其建筑风格、柱子和拱门,以及温泉无比纯净和清爽的味道,让他忍不住想要喝一口。

---

1 古罗马的作家、建筑师和工程师。——译者注(*本书注释均为译者注)
2 文艺复兴时期葡萄牙外交家。

1

从图上可以看出，当时喷泉前有一个比道路略低的宽阔长方形广场。在两处石阶旁边，一些人正在悠闲地聊天；有的人似乎漫无目的地四处游荡，打听些八卦和最新的消息；有一个人看手势似乎在高喊其他人。在整个绘画场景的主舞台上，一个黑人男子和一个白人女子似乎在迈着探戈般的舞步。两个男人，也许是新基督徒，正计算着在这个辉煌时代的里斯本进行大胆商业运作的风险。

右边，三个大胡子男人观察着在面前经过的黑人骑士，他穿着圣地亚哥骑士团的服饰，仿佛在证明无论何时何地，事物的外在形式并不总是反映其本质。这些人对骑士的好奇和关注的表情反映了画家对这个神秘人物的兴趣。马，这种神圣的动物，以其傲慢和优雅的步伐给人一种优于画中其他人物的高贵感，使之成为画中整个布局的主要因素。

这个违反既定等级制度，以贵族身份出现的骑士到底是谁？一个黑人在画笔下真的可以突然成为圣地亚哥骑士团的骑士？

骑士团是为了保护前往圣地亚哥陵墓的朝圣者而成立，它在成立两年后便进入葡萄牙。最初，只有贵族才能加入骑士团。但在随后的三个世纪里，入团的条件逐渐放宽。

弗朗西斯·A.杜特拉[1]在对17世纪至18世纪初被授予葡萄牙基督骑士团、圣地亚哥骑士团和阿维斯骑士团骑士的27

---

[1] 英国研究中世纪和现代早期葡萄牙、巴西殖民地和1825年以前葡萄牙帝国海外其他地区历史的专家。

人进行研究时，为《国王喷泉》中神秘的黑人骑士的身份提供了一些线索。根据这位学者的研究，这些骑士的父母或祖父母或许是黑白混血，他们很可能是当初修建喷泉的非洲奴隶的孙子和曾孙。这位学者的研究表明，有七名黑人成为葡萄牙军团的骑士，其中三名在圣地亚哥骑士团（16世纪），三名在基督骑士团（1609年），还有一名在阿维斯骑士团（1580年）。但七人中只有一位名为若昂·德萨·帕纳斯克（国王若昂三世统治时期，1521—1557）的是奴隶的后代。杜特拉还提到，出生于巴西的军人曼努埃尔·冈萨维斯·多利亚是圣地亚哥骑士团中第一个非裔巴西人。但那是在这个外国画家记录下这个黑人骑士许多年后的事情了。

因此，这一切都让我们相信，画作上那个骄傲的骑士就是若昂·德萨·帕纳斯克，是国王若昂三世和奥地利卡塔琳娜王后宫廷里的前廷臣。他出生于里斯本，是奴隶的儿子。在某种程度上，他在这个王国的中心、聚集黑人男女的广场上漫步，是一个具有诗意的行为，一个绝对重要的历史时刻。

正如雷东多伯爵弗朗西斯科·库蒂尼奥发现他病倒在床上，裹着白色床单时所说的那样，帕纳斯克绝不仅仅是一个简单的"牛奶中的苍蝇"，他以刁钻的问题和面对嘲讽时的斗志而闻名。

"一个葡萄牙骑士的幸福就是被冠以瓦斯康塞洛斯这个姓氏，然后拥有一个农场，60万雷亚尔的收入，愚蠢，并一无是处。"

他经常出现在葡萄牙王室的餐桌上,分享他的笑话和有趣的轶事。1535年,他拥有了一生中最伟大的经历,那就是参加路易斯王子指挥的葡萄牙特遣队,在突尼斯战役中为查理五世服务,并摧毁了巴巴罗萨的舰队。

在激烈的战斗中,当时还是年轻人的帕纳斯克注意到城门旁的一座山丘上,有一只狗趴在一棵橄榄树下。他横穿战场,无惧追兵和逃亡者去救起那只受惊的小动物,一只安纳托利亚牧羊犬,后来他一直照顾这只狗直到它死亡。所有的证据表明,他在1550年至1570年间被授予圣地亚哥骑士勋章。当他年老后,伤病、酒精和生活的苦涩使这位被认为是当时精力最充沛的人丧失了活力,变得软弱无能。这使我不禁想知道,与他在宫廷和城市里相遇的其他黑人、奴隶或恢复自由的奴隶对他是什么印象和评价。在他的时代,他没有任何伪装，却成了一个双重角色。

画中还有尊贵的葡萄牙贵族，他们身着黑色的衣服，有的在马旁行走，有的骑在马上。两名法警带着一名醉醺醺的黑人离开，利奥波迪娜在会议上提到了这个细节。为了防止奴隶酗酒成瘾，里斯本市政府禁止他们在酒馆里饮酒，甚至不允许他们出入酒馆。因为奴隶是绝对不允许拥有金钱的，甚至不允许拥有任何物品，一旦他们有酒瘾，就只能靠偷钱去买更多的酒。

当一个奴隶在远处行走时，即使由于光线强烈而无法看出他的皮肤颜色，从他摇晃的走路姿态，还是可以一下子就辨认出他是一个黑人。黑人是个物品，而物品无法购买其他的物品，也不能骑在马上。骑在马上的人，无论其肤色或其他特征都被认为是骑士，而当时的社会不希望黑人得到有尊严的对待，所以他们不被允许骑马，以防止他们像白人一样被视为骑士。

/

阿尔法玛大门口似乎一片和谐。此时在里斯本上岸的旅客可能会看到一个年轻的黑人男子握着小艇的舵，而另一个人则在空中挥舞着手鼓，他们正努力让一对葡萄牙夫妇的乘船之旅更加愉快。

撇开主角帕纳斯克，《国王喷泉》里的黑人男女注定要像盲目的、没有灵魂的鸟儿流落四方。他们的脸仿佛漆黑的煤炭，没有嘴、耳朵、鼻子和眼睛。教会宣布他们是没有灵魂的，所以他们也没有什么可反思的。基督徒在天堂里的世界是花园，里面飞翔着迷人的天使，而异教徒却被围困在一片阴影和寒冷之中。灵魂的缺失，剥夺了他们的救赎，使他们成为任何基督教墓地都不受欢迎的人。留给他们的只有黑人井和石灰裹尸单作为最后的安息地。

成堆的尸体污染街道的空气，威胁着基督徒、贵族或平民的生命和家园。一座肮脏、泥泞的城市，沉浸在信条和卑鄙中。他们蜷缩的身体上覆盖着大量的石灰，腐烂的肉体和裸露的骨头污染了学者达米昂·德戈伊斯所赞美的纯净之水。

他们的父母和祖父母在葡萄牙最初入侵阿尔金和几内亚时，在经历了战斗、死亡，成为俘虏后，被王子手下的贵族们带到此地。掠夺者衷心地感谢主在其他生命面前，尤其是在那些半裸野蛮人面前更偏爱他们。黑人们徒劳地将自己的孩子藏在干枯的田野里。正是宣扬基督和救赎的欧洲人最先发现这个陌生的偏僻之地。

在这口井被打开之前，尸体被毫无尊严和怜悯地从圣卡塔琳娜斜坡上扔下来，作为流浪狗的食物。在天气恶劣的夜晚，残留的尸体会被海浪冲到阿连特茹海滩上。我能想象16世纪在里斯本的老黑奴们思念非洲故土时，他们的脸上布满愁云，心中流淌着寒冷，却无力反抗。对他们来说，生存是首要任务。回到孩时家园的梦想已在冬天、在城市的街头巷尾中烟消云散，剩下的只有像牲畜一般机械地工作，以及向新的天神、地狱之神和五彩的宗教队伍祈祷。

/

我按照老城图纸往海关路的方向走去，餐厅里顾客们正在排队等位。早在16世纪，烤沙丁鱼就是旁边马尔科津哈多小摊在丰收节上的重头菜。在这个公共空间里聚集了所有种族的工人，是他们维持着城市的节奏：250名白人和黑人从船上卸下煤炭，往城里搬运；150名黑人装卸货物，200名黑人小伙子用箩筐搬运鱼和肉；1000名黑人妇女在城市里卖水；40名黑人和摩尔妇女捡破烂；50名黑人粉刷墙面；最后，1000名黑人清洁工每天早上把城市的污物倒进河里。如利奥波迪娜所提到的，在16世纪下半叶，骑士随从若昂·布朗珰登记了所有这些工人。

我在巴基斯坦商店门外听到来自亚洲的语言，我不禁思考各民族的起源和他们的发展历程。一对对游客走在街上，一边拍照，一边试图解读墙上的文字：国王喷泉，建于13世纪，由迪尼斯国王重修；在1755年重修后又于1774年重建，并在19世纪中期修缮。

马头形状的喷水嘴早已消失，也没有人在这里打水了。喷泉已被列为遗产，属于公共建筑，其范围包括位于里斯本市大教堂区的卡斯·德桑塔伦路、国王喷泉街、圣若昂·德普拉萨街的相关水利设施（水库、蓄水池和水井），另外还建立了各自的特别保护区。

新的喷泉建筑与经时间腐蚀的旧大理石陵墓相融合。当前的外墙始建于1864年，采用的是古典主义建筑风格。后面，16世纪的两位女士在阳光下晒被子的地方建起了豪华的国王喷泉宫殿，现在是这座城市旅游业的一颗明珠。叶子花沿着宫殿阳台绽放，在阳台上可以俯瞰整个喷泉。16世纪，在同一地点也曾布满繁茂的百合花，这也是与这名未知画家绘画中唯一相同的细节。

当我拍叶子花的时候，一个中年男人出现在阳台上。

他对我说："我是水之王。"

/

一段时间后，我参观完一个相同主题的展览，在回程的火车上遇到了利奥波迪娜，她手里拿着一本和我手上一样的目录，我们没有在几个小时前的展览上相遇，这也是个巧合。我们谈论展览中的展品、复制品、解说板，回忆像在时空旅行般，我们在不同的空间里穿梭，在散落的证据和被尘封的历史碎片中漫步。那是一段长久以来被人忽视的历史：画中的人物做着无足轻重的工作，目光涣散，像被剥夺了尊严的灵魂。我们这些参观者仿佛变成了展览中的临时演员，介于受害者与施刑者、奴隶与官僚之间，有一种轻微的不真实感在我们身上升起，仿佛这是发生在另一个大陆另一个国家中的事情。最后，尽管其中的不公正让人窒息，但文化间碰撞所带来的丰富感减轻了这种感受，不易察觉的相互渗透是不同民族之间冲突所产生的新文化的影子，尽管当中包含了种种屈辱和残酷。然而，这并不意味着历史上如此重要的时刻应该被封存，因为他们真实地存在过，是无法被抹去的。

利奥波迪娜拥有一种世界主义精神，她告诉我她退休后一直致力于研究这种社会机制和非洲人在葡萄牙的存在。她对我说，对历史内幕的痴迷在于那些被掩盖的特殊性。

"其实，我只是一个业余爱好者。我不打算就这个问题发表任何学术论文或类似的文章。"

她已经退休了，独自居住在这座城市一座山丘上的一个地下室里，她是三姐妹中的老大，也是唯一还在世的。她的外甥女每个周末都来看她，天气好的时候她喜欢在贝伦附近散步，但她的大多数时间都是在图书馆里度过的。

几天后，我收到利奥波迪娜下午茶的邀请。当我们沿着哲罗姆派修道院散步时，她向我提了几个关于我的家庭和我们移民过程的问题。我们谈到了20世纪60年代抵达这里的几十个佛得角家庭，他们当时住在里斯本市中心的老式公寓里，当时的邻居们中有些人见证了共和国的到来，有些人对我们侧目而视，可能怀疑我们是萨拉查发动的殖民战争中葡萄牙敌方的亲属。

1

利奥波迪娜建议我们去离修道院不远的老殖民热带花园参观。我们穿过铁门，在鸟鸣声中，慢慢地穿过一条椰树大道。

她跟我说："这是这座城市中为数不多的能让我仍然感到快乐和平静的地方。"

小虫子和蜻蜓在翠绿的湖面上盘旋，白羽红嘴的鸭子在湖面上游弋。在麻黄树的后面，种着来自巴西和阿根廷的花园椰子树，还有一片竹子和犹大树，她像介绍老朋友一样向我介绍它们。里面有一栋红瓦的单层老房子，大门口的两根柱子上雕刻着两个黑人青年的头像。那是葡萄牙世界展览会的遗迹。

"真可惜，他们让这个地方变成了废墟。"

交织的树荫完全遮盖住园内的部分区域，营造出一种赤道森林般的感觉。

"桃金娘，这个名字是不是很好听？"她指着其中一棵树根部的牌子对我说。

我们在树间转了一圈，然后她把我带到一个石椅旁。此刻的亲密感和周围的花园，让我不禁想起少年时第一次和异性坐在花园里的同一张长椅上的场景。

我们面前有一个我所见过的最大的树干，它的影子占据了至少60米直径的区域。它的根部像半埋在地下的巨蛇，每隔5秒钟，我们就会听到小干果掉落到铺满枯叶的地面上的咚咚声。

最长的树根达20米，穿透地面消失在土壤里。这棵树至少高35米或40米。

"这是我最喜欢的树，无花果树，来自亚洲热带地区，人们也叫它菩提树。"

我们保持了片刻的沉默，听着连续的咚咚声，这时利奥波迪娜向我诉说她在会议那天来到贝尔蒙特宫的真正原因。

"我曾曾祖母的一个姑姑，名叫卡塔琳娜，是唐瓦斯柯·马努埃尔·德菲格雷多·卡布拉尔·达卡马拉（1767年，唐玛丽亚一世女王授予他贝尔蒙特第一伯爵的头衔）家的奴隶。从小到大，我都记得家里人说她是如何被主人虐待的，其中牵扯着正义和公平。伯爵的妻子威胁要把她卖到马拉尼昂，这使她产生了逃跑的决心。卡塔琳娜的逃亡故事开始于德弗拉迪克庭院，那也就是未来伯爵的家和贝尔蒙特宫的前身。她的逃亡故事在几代人的餐桌上被讲述。在我看来，庞巴尔侯爵制定的《奴隶子女自由法》对她来说来得太晚了——应该在1773年当她还在襁褓时就颁布。卡塔琳娜当时混入了一个黑人队伍，在19世纪初的一个早晨，穿过萨杜河谷的沼泽地在一个小山丘上定居下来。一个多世纪后，我在那附近的圣罗芒村出生。"

/

黑人们带着寥寥无几的财产来到这里后，就住进了弗

1

雷德斯农场的房子里，在那里，他们与来自其他地区的工人家庭一起种植水稻。利奥波迪娜告诉我，黑人和白人在教区的共处并不总是和平的。纠纷主要发生在教堂里，如果黑人女人对白人女人不敬，则根据埃沃拉大主教的要求，村里的牧师会对黑人妇女处以5托斯陶的罚款，并把她赶出教堂。

"约瑟法，我的曾曾祖母，1820年出生于圣罗芒德萨杜村，"利奥波迪娜继续说道，"我们对她的所有了解都来自于我的祖母埃乌杰尼娅的惊人记忆。19世纪末，当我祖母还是孩子时，她还见过约瑟法，不过那时她已经很老了。我的曾祖母祖尔米拉几乎记下了所有的细节，然后又把这些细节讲给埃乌杰尼娅。埃乌杰尼娅向我讲述了约瑟法如何在年幼的时候就开始帮家里在水稻田里除草。她头上戴着一顶草帽，上面还系着一条黑色的小丝带，她喜欢在田野里采摘野花。10月到11月，人们在田里耕地，等田干了之后，她就去帮父母在苗床上筑高台以种植水稻。在空隙的时间里，她扎稻草人吓跑小鸟，这样它们就不会来偷吃粮食了。"

黑人和当地在农场工作的大多数农民一样贫穷。除草完毕后，农场主会给他们一头羔羊，工人们自己出钱买酒，然后一起聚餐，通常大家做的菜就是炖肉。在聚餐的那一天，大家吃肉喝酒，对老板歌功颂德，把辛苦的工作统统抛到脑后。黑人工人拿起锅即兴打鼓，唱着自己传统的歌曲。夏初，当收割完后，一家人会爬上一辆牛车，去萨尔堡市参加朝圣节。

"约瑟法是个典型的乡下女孩,时而粗鲁、时而甜美又时而叛逆,但脸上总是带着无助的表情,"利奥波迪娜继续说道,"15岁时,她爱上了专制派部队的步兵多明戈斯。内战已经结束两年了,但他的外套里总是带着一把手枪和一把匕首。她喜欢他的硬汉气质,也无法抵抗他的幽默。他们经常在黄昏时分,在远处的水井旁,或者在山另一边的软木橡树下约会。有一天,多明戈斯告诉她,他要去阿尔加维山上参加武装斗争,并承诺一有机会就回来看她。他说他所做的一切都是为了前指挥官的名誉而战。约瑟法看着他在赭色的午后光影中离开,没有其他解释。"

几周、几个月过去了,没有任何音讯。

约瑟法靠在田间不停劳作和稻田里静止的风景来抚慰自己的痛苦,她看着时间在夏日的风中飘过,却没有带来任何消息。一天,她在去萨尔堡的路上,听说阿尔加维的一些城镇遭到了唐米格尔游击队的袭击和掠夺。有一天晚上,她感觉有人在她卧室的窗外徘徊,这时多明戈斯突然从灌木丛后面走了出来,一把抱住了她。她检查他身上有无受伤的痕迹,他很健康,满脸微笑。"战事开展得很顺利,"他说,"指挥官擅长射击,而且对胜利胸有成竹。"第二天,天还没亮,在给约瑟法擦干眼泪后,他骑上了马又消失在阴影里。

出于对他们美好未来的信念和共度一生的希望,约瑟

1

法总是找借口去萨尔堡,那里有关于战争和袭击的最新消息。后来传来消息说游击队穿过阿连特茹袭击了切尔卡尔村和米尔丰蒂什新镇。

多明戈斯向她承诺,如果战胜了自由派,他将拥有阿连特茹南边的大片土地。但是,里斯本的自由派政府不堪游击队的袭击骚扰,于是命令山区居民带着所有的劳动用具返回城市,并往拉古什市派遣了一支装备精良的新骑兵团。几天后,专制派首领雷梅克西多被抓获,与一群叛军一起被枪杀。约瑟法一声惊呼,惊恐万分,当她得知被枪杀的游击队员中没有一个是黑人时,她才平静下来。但是,等待的疲惫已经蒙上了她的脸和眼睛,迟迟无法消退,就像当一个人知道她所拥有的随时都会消失一样。

"我的曾曾祖父是一个非常幸运的人。"利奥波迪娜总结道。

在与自由派军队最后冲突中,没有倒下的叛军们最后都向当局投降以换取赦免。多明戈斯连夜骑马奔向约瑟法的怀抱。他们结婚后,他成了一名农民。

/

多明戈斯和约瑟法的子孙们增加了当地的黑人人口。

他们与先前来到阿连特茹地区开垦荒地和劳作的人们融合并共同生活。

18世纪末,当葡萄牙国内开始种植水稻时,黑奴们被证明更能抵御在湿润的萨杜地区肆虐的疟疾。

/

利奥波迪娜居住的地下室位于一座山丘上的小楼里。有一天,当我陪她回到她家楼门前时,她邀请我进去。

在客厅的家具上,有一张她母亲的照片。她深颜色的皮肤和卷曲的头发说明了她的出身,这张照片是1938年在参观皇后温泉时拍摄的。在房间的墙壁上,挂着《哭泣男孩》《圣母玛利亚》《耶稣圣心》等名画。房间里还摆放着古董银器,在一个黑色的小柜子上有一台她很少打开的老式电视机。在圣女像上,有一幅野马过河的油画,边柜里放着玻璃工艺品和有着绿色眼睛的巨大铜苍蝇。

墙壁的踢脚板是带葡萄丰收图案的蓝白瓷砖。

从她地下室的窗口看出去,可以看到街上过往行人的小腿和膝盖。她跟我说:"一个人可以仅从步履的坚定、脆弱的优雅或身体的拖沓来识别他人,这非常不可思议。10月进入冬天后,百叶窗将始终被拉上。夏天,当我忘了敞开的窗户时,风会往屋里带进报纸、树叶、烟头和小册子。无论冬夏、昼夜,屋里总是开着灯。房间里湿气无处不在。"

利奥波迪娜起身,拉开办公桌的抽屉,拿出一张A5

1

纸，上面画着家谱树。其实一共是三棵树，它们的枝叶交织连接在一起。她向我展示一个分支上的一组名字、出生和死亡日期、夫妻、子女、孙子、曾孙、曾曾孙，其起源和结束处有时标着一个神秘的问号。这张纸的空白处写满了注释和补充信息，在日期和有些人名旁边有一组带编号的星号。她给了我一份完整的婚姻关系、日期和姓名的摘要。但几分钟后，我在这些信息中完全迷失了方向。我欣赏她在谈论女奴卡塔琳娜和正义、个人与世代的关系、社会与自然元素的平衡时所表现出的热情。

晚上，我帮她把垃圾桶拖到楼外，这是她每天必做的工作。她跟我说她像是这个楼里善良的老看门人。我提出帮她打扫院子，几天后，我花了一个下午的时间帮她整理花坛里的干枯杂草，摘下树上的柠檬和枇杷，给这个阴暗的地下室通风，让它多一些生机。她帮我扶着梯子，回忆着有趣的往事。有的时候，我带她去买杂货、洋葱、大蒜、草莓和馅饼，她给我读笔记和记事本上的段落。虽然她已经78岁了，但动作仍然流畅轻盈，幽默感十足，她向我坦言，她热衷于看侦探和解谜的电视剧。

有时候，隔壁邻居唱片机里播放的法多民歌，或者晴天早晨笼子里飞舞的鸟儿，以及在院子食槽前排队的小猫们，都可以缓解一位女士的寂寞生活。

在另一次拜访中，喝完茶后，她从一本书里取出一幅油画的图片。这幅图是她在阿勒克林路上的一家二手书店里看到的，画中两名年轻女子坐在伦敦公园里的一张石椅上，背景是圣保罗大教堂。其中一个皮肤白皙透亮，穿了一件粉色的连身裙，在衣袖和胸前都有白色的花边。她的头发盘起，左手拿着一本打开的书，右手亲密地拉着另一个女孩的手臂，那是一个身穿白色裙子的黑人女子，左臂下夹着一束鲜花。

如果说插着羽毛的白色头巾和脖子上的项链增加了黑人女孩的神秘感，那么她的笑容更是蒙娜丽莎般的笑容，她右手食指指着脸颊。两个女孩都很美丽、苗条而优雅。友谊体现在她们的眼神之中，也是整幅图的核心。这幅画是18世纪末的作品，从画的表面上，我们似乎看到的是一位年轻的女贵族继承人和她最喜欢的女仆。

"事实上，"利奥波迪娜向我解释说，"直到最近，

这都是这幅油画最被接受的解释。"

"但是,她们都戴着珍珠,身着丝绸。"

曼斯菲尔德伯爵、最高法院的首席大法官(英国司法大臣的一种)威廉·默里,花了很大的力气让艺术家创作了这幅油画。但直到最近人们才发现,画中的混血女孩竟不是威廉·默里的侄女伊丽莎白·默里的女仆,也不是他们居住在伦敦郊区肯伍德房子里的女佣。

"迪多·伊丽莎白·贝尔。"利奥波迪娜说这是那个混血女孩的名字。她对这次的分享难掩些许的幸福感。

在茶水、蛋糕和司康饼中,我逐渐了解了贝尔的故事。当她还是一名婴儿时,被装在威廉·默里的侄子、英国海军军官约翰·林司的行李里,从加勒比海带到了肯伍德。曼斯菲尔德伯爵和他的妻子接纳了这个陌生的家族新成员。

从油画中可以看出,在这个富裕的家庭中,贝尔和伊丽莎白是被当作两姐妹一起抚养长大的。没有关于贝尔与她生父之间的记录。混血女孩和伊丽莎白从小就和曼斯菲尔德伯爵建立了很好的感情。她们一同学习了法语、历史和地理,以及音乐和舞蹈。

利奥波迪娜说,最有趣的是,一个在当时具有如此之高社会地位的人是如何把这个年轻的黑人私生女领进家门的。

根据马萨诸塞州的一位前州长的日记,在1779年肯伍德的一次晚宴上,当他看到那个黑人女孩走进大厅与宾客们一起品尝咖啡时，他十分诧异。他写道，更大的丑闻是当他在花园里散步时，看到伊丽莎白小姐和贝尔在他面前手拉手一起走路。

曼斯菲尔德伯爵夫妇所做的一切向世人展示了他们走在时代前列，他们对拥有别人口中的贝尔并没有感到任何不适，也不在乎流传在伦敦的闲言碎语。

忽然间，我看到利奥波迪娜那双灰色的小眼睛闪出光芒，她相信，就像当时人们所谈论的那样，贝尔的存在于某种程度上影响了曼斯菲尔德伯爵关于奴隶制的一些司法决定。

这一点从奴隶詹姆斯·索默塞特的案例中可以明显看出。他在逃跑后被主人抓回，然后被卖给一艘黑奴船的船长。曼斯菲尔德伯爵没有把索默塞特看作随便的一项财产，而是决定在法庭上审理此案。最后，像废奴主义者所主张的那样，索默塞特被赦免为自由人，这开创了在英国土地上所有人都是自由人的法律先例。

宗号船大屠杀的结局也加速了奴隶贸易的废除，为利奥波迪娜的理论提供了支持。黑奴在运往牙买加的途中，被活活地从船舷上扔进大海。船长为了骗取保费，将保险公司告上了法庭。首席大法官曼斯菲尔德伯爵极力反对，指出了该行为本身的残忍，以及通过故意使人溺水身亡来索取保费的可恶。

1782年，威廉·默里的遗嘱让所有人都大吃一惊，不

1

仅是因为他留下一笔丰厚的遗产保障了贝尔的未来生活，更重要的是他宣布自己很荣幸能够得到混血侄女的信任和友谊。

在结尾处，为了打消在他死后可能发生的奴隶贩卖，他写道："我确认迪多·伊丽莎白·贝尔的自由。"

贝尔于19世纪初去世，享年43岁，留下两个孩子。

"她可能认识简·奥斯汀。"利奥波迪娜说道。

/

一天下午，我接到一个紧急电话。利奥波迪娜中风了，急救中心的人告诉我她正在医院住院。中风影响了她说话。

几天后，我带着一本笔记本去看望她，没有具体的目的。当我们单独在房间里的时候，我问她在想什么。

我怀念我们的谈话和散步，她写道："每天晚上我都会梦到圣罗芒村。"通过她颤抖的笔迹，我跟随着她来到社区的烤炉旁，倾听在那儿烤面包的妇女们之间的对话。利奥波迪娜描写经过村庄的人们：吉卜赛人、农民、小贩，他们的马和驴，他们的幽默和对破旧褪色生活的不屑。爷爷坐在长椅上晒太阳。她用笔尖下缓缓浮现的文字告诉我，她至今还记得睡觉时的热气、油灯的光亮和大人们在墙边走动时的影子，她的父亲干完活后总是骑着自行车回到村里。

我看着她重现童年的美好，母亲为她准备晚餐的夜晚，幸福的光芒穿越时空闪耀在医院的病房里，让病房变成一个在时间之外的空间。有那么一瞬间，利奥波迪娜似乎感受到了更深的快乐，记忆中的事物就像怀旧的蒸汽在她的血管里蔓延着新鲜感，带给她关于过去幻想的极致体验，消灭了世界上所有的不好记忆和不完美。

她已经时日无多，但当她在纸上向我描述春天盛开在村庄山坡上的金银花、玫瑰花和天鹅绒般的野兰花的香味时，我能感受到她默默的激动。她和她的姐妹们光着脚丫在稻田的垄上奔跑。稻田里，青蛙呱呱叫，水蛇四处逃窜；树上摘下的果子可以马上吃，空气中飘着瓜果的香味；耳边时不时传来稻田里劳作人们的吵闹声。

一组人物在她的笔下悄悄地进入病房。

她存在于歪歪扭扭的字迹中，化作了诗和欢乐之花。

"你喜欢鸟吗？"

利奥波迪娜向我讲述她的表兄弟们和村子里的其他男孩沉迷于在田间地头里寻找鸟窝。她认为一些濒临灭绝的物种正在重回荒原。

当她写累了的时候，我们通过眼神、手势和想象力继续交流。她的眼睛仿佛浸在一片深水里，嘴边、下巴、眼下都是皱纹的印记，她的表情很宁静。最后，她写道，很遗憾她不能按照自己的意愿葬在家乡圣罗芒的公墓里。

它已经关闭多年。

在这过程中,我思考消逝的生命和留给她的快乐,村庄仿佛是宇宙的一个小角落;我思考时间的期限,永久和永恒的意义,想象她华丽冒险的瞬间。她的描述让我向往萨杜河谷甜美淳朴的风光,怀念我从未见过的那些荒原、山丘和宁静的稻田。

"你替我去那儿……"

2

　　为了履行对利奥波迪娜的承诺,我离开了塞图巴尔,横穿甘比亚地区的国道前往萨尔堡市。当穿过一片阴沉的软木橡树林和散发着石松味的森林时,我的内心突然出现一个神秘的指令,让我在一个车站下车,徒步走完剩下的路。一个小时后,我的面前出现一大片沼泽。我越过软木橡树山丘,直到看到远处的萨杜河、木质浮桥和岸边废弃的一座房屋。附近有一座建于2000多年前的腓尼基市集废墟,还有一张褪色的地图贴在一根柱子上,以标明它所在的位置。地上有古老的炉灶和基础设施的遗迹,周围是高高的枯草,把它们笼罩在神秘之中。从这里可以看到整个萨杜河的入海口,这也是公元前6世纪第一批腓尼基人从他们的部落来到欧洲时的上岸地方。

　　接着,我穿过老山村,这里荒无人烟,看不到一个人,仿佛这个村落在一次有组织的行动中被遗弃了。我穿过火车轨道,沿着一条古老的木道向前走。

　　在拐弯处,一位货运火车司机看到我,对我大声地吹了个口哨。我给他一个简单的手势,但他坐在他的橙色机车里,盯着我看,好奇而又高傲。当最后一节车厢开过后,我横穿轨道,跳过了松树林的栅栏。

最近几天的雨水在细土地上凿出了一个个完美对称的小洞,潮湿细腻的土壤在我的脚下变成烂泥,让行走更加困难。我从山丘下来走向一条老旧的小道,道上汽车车轮的痕迹渐渐消失在灌木丛中。草丛中的露水打湿了我的裤脚。我经过时,麻雀、乌鸦和金翅雀从树上飞起。在新山村和萨尔堡市之间,铁路沿线没有居民,唯一有人居住的房子是在最远处稻田之外的山坡左侧,那里有白色的农场、粮仓和牛棚,由土路连接,被软木橡树包围。

空气十分清新,耳边是鸟儿的叫声。几十米外的河水像静止似的,躺在两座绿色软木橡树山丘之间,像一面古老又带着磨砂的镜子,晨雾给它蒙上一层神秘的面纱。往下游看去,在高速公路穿过洼地和河流处,有一座混凝土桥,在铅色的天空下,从迷雾中可以看到三个混凝土拱门。小道在小树林的草丛中变成了一条勉强可见的老路,再往前走,就到了被最近的雨水淹没的稻田。

利奥波迪娜关于当地动植物的描述,我仍记忆犹新,那些仿佛是她童年的一个秘密。事实上,我对种子的传播和动物的生物特征,比如鸟类的食性,以及它们在散播果实种子中的作用,从来不感兴趣。我胸前挂着望远镜,手里拿着笔记本,希望能记下鸟喙的线条、形状和颜色,头、背、尾、羽毛以及其他任何能帮助我识别鸟儿的东西。我竖起耳朵，留意任何声音，我穿过灌木丛，观察地面、水洼和天空，希望能看到大山雀或短趾旋木雀，运气好的话，说不定还能看到其他更稀有的物种。

在鸟鸣的指引下，我逐渐远离入海口，但我仍然毫无观察珍禽的能力。即便如此，我也会在树梢下仔细观察，然后我把望远镜收起来，整理好我的笔记。

我顺着火车轨道往前走，直到看到灌溉渠。有时在高处，我可以看到萨杜河水像镜子般的壮丽景色，但河面上没有一艘小船。当起雾时，露出对岸松树的顶端，像无尽的充满生机的罗勒。

1949年大坝建成后，给当地注入了新的活力，水稻种植业蓬勃发展，使萨杜河谷成为葡萄牙最大的水稻生产地。河两岸挖了数个几千米长的灌溉槽以运输灌溉用水，河上每隔500米就有一座长度不过10米的小桥用以过河。

I

正如世界一直以来的那样,死亡终究会敲响一个人的门。而这次是发生在3000多千米以外。

我试着在我的记忆里看清他的形象。

他是一个30多年来试图成为我父亲的男人,而我却一辈子都在假装是他的儿子。他是我法律上的父亲,因为从生物学的角度来说他不可能是。但无论如何,他的死亡让我必须回趟家,而我曾以为我已经在这个贫瘠、慵懒的岛上找到了那个家。我们都相信在阳光下比在寒冷中更容易空想,至少在阳光下有更多的时间可以做梦。

节奏缓慢的生活让我们成为精力充沛的思考者。

人们说热带更适合思考。对于许多试图按照欧洲节奏生活的佛得角人来说,思考是一个非常遥远的词。但与英国人相反,我们会,当然是在不知不觉中,停下来欣赏一个简单的影子。也许正是因为这个原因,我们比其他人少了一些物质主义,这不仅仅是因为海岛的干枯贫瘠。这里也有创造力的躁动，尤其是在音乐方面。尽管岛国与世隔绝，但蓝天和浩瀚的大海还是让我们感受到沐浴众生的光明，并让我们坚信我们也能分得上帝的一杯羹。

那么，什么是热带人民？是没有那么多自己具体的想法和坚定的信念的人？

人们需要艺术来填补这里干燥的时间和空虚的夜晚。

像其他地方一样，坏消息一大早就到了。我在图书馆隐蔽的角落里翻阅一些书籍。室外，凉风之后袭来短暂的热浪，接着天气很快又变得温和。当我们试图将死亡通知中的主角带入到手头上的故事里时，会感到些许荒谬，一种作家假装出来的悲痛。鬼魂好像在字里行间行走，在代词和名词之间跳跃，当然，它在动词中走得更远。这些书籍中要包含多少生命，以体现人类的存在和可能性？文字现在对我来说像是无声的忏悔室。

作者死后，通过他们留下的作品与我们保持交流。他们以周围的人情世故和环境为出发点写作，文学是他们生活的中心。我唯一能做的就是每天专心致志地阅读它们几分钟，也许是因为我相信它们能带我去不同的地方，经历不同的事情，认识不同的人，比如在马鞍包里藏神奇香料的商人，或者飞越沙漠的旅行者。

思考的话语可以是真实的行动。在作者的笔下，话语转化为文学的伟大革命，它打破现实，然后再重塑现实。

I

在内心深处，没有人会在意它明显并自相矛盾的错误。

/

仅仅26个字母，创造出几乎无限的组合来表达人和整个世界，从中可以提炼出愤怒与仇恨、爱与善良，这取决于创作者的意图，文字帮助我们了解生命中的事物，探索奥秘并传递世界的记忆。那些从遥远的国家、寒冷而神秘的土地，用难以辨认的葡萄牙语书写的一封封含蓄但充满想法的信件包含了我继父的生命轨迹。黑色的墨海宣告风雨交加的夜晚。

突然间，我觉得一切都变得清晰起来。

眼前的书似乎变成透明的，我看到自己穿过花园，牵着他的手走在他的身边，但我却没有勇气告诉他，他刚给我买的那双鞋把我的脚挤得生疼。也许我是顺服和感动于他的慷慨。今天，在他死去的这一天，在他生命的最后一刻，当我把书放回原位时，我的内心突然出现了一丝震动，我知道对他再也没有什么可预期了，然后我坐在摇椅上，准备平静地消化一个生命的结束，一个男人的结束。风掀起窗帘，将灰尘沿着地板推开。细碎无情的灰尘笼罩着刚打扫完的海岛房屋，在每一个可能的角落和有记忆的地方堆积。一场还没开始就输了的战斗。

/

我为他想过一个理想的结局：死于某种让他还能感到一丝快意的血腥罪行，即使一朵枯萎的花也能闪现出一些伟大的光芒。

但我对他最后的结局只感到愤怒。

我出门走到街上，给自己一些时间和空间，让内心的想法一次性爆发。耳边是学生们的歌声，一群鸟儿在万里无云的天空中飞翔。里斯本现在是冬天，但这里的阳光却用它厚重、忧伤的光芒穿透一切。在某一瞬间，我想到我们多年前的葡萄牙之行，在画面中，所有的元素，包括我们的影子似乎都静止不动，整齐地排列在货架上。我回想起他的行李箱里的樟脑丸味、他的香水、剃须膏和其他私人物品，直到我改变了行走的方向，去里贝拉·博特社区看他曾经在那长大的房子。

透过门缝，我看到一个年轻的老师坐在木凳上，面前的水泥地上有十几个孩子。小学老师们在教授孩子们伟大的诗歌，让他们更好地了解世界。房子的状况相当糟糕。墙上到处都是水泥和石灰粉刷的痕迹，附近的年轻人在后院搭了一个健身房。在尽头一间边房里，住着一个年轻的妓女，眼睛水汪汪的，脖子上文着一朵红玫瑰。

据报道，近日葡萄牙的早晨非常寒冷，里斯本甚至还

I

下了雪，这在以往很少发生。我的继父是在一栋正在翻修的楼房里被发现的，楼房的主人允许无家可归的人在最寒冷的夜晚在此过夜。他侧着身子蜷缩着，穿着衣服和鞋子，但是没有盖被子。旁边有他放东西的塑料袋，还有一个旧行李箱。他穿着牛仔裤，敞开着腰带和扣子。据说他当时在睡觉，躺在床垫上，背靠着墙。

晚上，我看着大港湾里船只的灯光倒影，在寂静的水面上一闪一闪，就像一面从卡拉山上落下的无桅帆。从这里，我的童年发生了翻天覆地的变化。

毋庸置疑，时间是最大的刽子手，只有自己才能够跨越自己内心的深渊。

我的继父死了，没有痛苦，悄无声息。

当他吐出最后一口气的时候，不知道他面前人行道上的石头是否会记得他身体的重量和他行走的路线。最难过的不是想象他冰冷而沉重的身体躺在床垫上慢慢死去。对我来说，没有什么比把他想象成一个孩子，一个不安分、叛逆的孩子更难过了，我从小就有这个习惯，每当我身边有成年人死去，我就会产生这种想法。我只记得他笑起来时脸和身体一起颤抖的画面，我试图重新回忆起他最初的样貌，但只能想到他在寒冷而残缺的黎明里最后的喘息声。最后，我们永远不知道出现在我们视网膜前的图像是来自外部，还是我们自己的大脑。

几天后，我开始返程。

我离开了岛国。过去几年，我试图找回我作为移民之子在整个移民过程中所缺失的生活，并厘清我的肤色和身份这一老问题。在完成了这个心愿后，这种理想化的生活就结束了，我踏上了去里斯本的路，开启等待我的另一种生活。

/

几乎在所有的文化中，收养本身是被视为一种高尚的行为，但这并不意味着这不是一个奇怪的决定。人们通过收养来纠正家庭关系中的异常，填补生活中孩子的空白，但却没有问过孩子的想法。

收养人必须拥有充沛且弹性的爱，因为收养行为让一个人放弃自由，去承担他根本不确定自己是否有资格承担的父母责任。电影《宾虚》中，罗马执政官收养了在海难中救了自己的前奴隶（查尔顿·赫斯顿饰演）作为儿子，这与绝大多数的现实生活截然不同。对于孩子来说，收养是一个残酷的未知数，尤其是当他还知道生父的存在。他幻想着有一天生父的到来，到时该如何面对？他们会不会为了争夺自己而互相殴打直至死亡？

非亲生的兄弟姐妹，也是一个未知，他们在饥荒、战争和苦难时期是非常常见的家庭元素。他们几乎总是与贫穷和虐待等戏剧性故事联系在一起，他们在收养的家庭中

I

找到一片绿洲，从中自我成长和得到教育。

我母亲的养妹克拉琳娜在20世纪40年代饥荒时期来到了我们家。当我母亲如今说起她的时候，比提到我的小姨，她的亲妹妹，要带有更多的感情。

在我八九岁的时候，在里斯本市中心的一家酒吧里，我第一次感受到这种收养的感情可以作为孩子和大人之间不平等游戏中的一种调节。我的继父把我介绍给桌边和坐在柜台前的朋友们，他们有的在打牌。我听到有人嘲笑他，说这孩子是白种人之类的话。那里似乎罩着一团云雾，我试图把它驱散，把他从那奇怪的场景中解救出来。我拉着他的胳膊离开。他的朋友们用手摸我的头发，揪我的耳朵。在那一刻，我极力地维护着那强加在身上的父子关系。

有一天，我打开他衣柜的门，看到一些适用于北欧和美洲严冬的大衣。我想象着自己穿着那些动物毛皮，在破冰船上穿越冰封的河流和湖泊。还有一件渔夫穿的高领套头羊毛衣，就像是尤瑟夫·卡希照片中海明威穿的那件。

他身上冒险的气息显得更加浓郁。

就这样，我开始羞涩地接近继父，他随着四季更替醉醺醺地踏上船只远航或者返回。我开始在他水手的身份上投射一种漫画式的英雄主义。

3

萨尔堡火车站大楼让人想起那些在核事故后瞬间被废弃的社会主义建筑风格，即使有最丰富的想象力也无法想象那些曾经在这些门里穿梭、站在窗边、在月台上告别的生命。

陈旧的男士和女士洗手间像被封死了一样，几米外的水箱独自诉说时间尽头的沉重和冰冷的孤独。这里早已无客运列车，所以在一列货运列车缓缓驶入车站前的几分钟，当看到两个少年沿着铁路向我走来时，我感到一丝奇怪。他们在月台上往前走，其中一个男孩拥抱对方，并在他耳边说着悄悄话。列车放慢了速度，发出震耳欲聋的声音，像神话中的动物一样占据了整条铁路，从弯道一直绵延到远方。

当两个男孩走近时，我注意到其中一个移动较慢的男孩是个盲人，他的朋友在他耳旁向他描述车厢的数量和火车的前进。落日有些使人目眩，在描述场景的男孩做了一个躲避阳光的手势。然后他们都转过身来，盲人男孩跟在朋友身后，右手搭在他的肩膀上，他们沿着铁轨踩着石子向前走。而我顺着公路走向小镇的街道，记忆中还有利奥波迪娜的声音。

来到这儿的旅行者能立即感受到萨尔堡忧郁的气质：这是一座孤僻、封闭的城市，仿佛在半隐蔽的街道上隐藏着一些古老的秘密，但同时又有短暂且迷人的好客。利奥波迪娜小时候在圣约翰节，也曾多次到过这座好似沉睡的水城。

我先去参观小型的市立图书馆，离城市广场不远，它位于一座17世纪的宫殿里，石梯和墙壁上都铺着瓷砖。就在图书馆旁的河边，正在进行地面整修改造工程，非洲工人带着空洞茫然的眼神操作着滚轮轧平地面。我坐在人行道旁的咖啡馆里，凝视着天边厚厚的云层，觉得自己的身体十分疲惫，想要像一个空袋子一样瘫倒在椅子上。在路的另一边，是沉默的萨杜河，似乎在证明未通航的河流永远是一条悲伤且无用的河流，一条古老而被人遗忘的河流，它没有华丽的外表，但想跟我们诉说什么，就像一首沉默的哀歌。公路上的卡车在一群欢乐的海鸥带领下，驶过老铁桥向南行去。远处，一只鹳鸟在高高的砖砌烟囱顶上筑起了鸟巢。

在隔壁桌的报纸上，我看到一则新闻，说在城郊发现了一座有7600年历史的狗墓，这是在南欧发现的最古老的狗墓。这只动物的骸骨是在中石器时代的软体动物群的挖掘中发现的，它的年代是由著名的牛津大学推算得出的。新闻里还提到当时犬类的饮食中，有一部分是来自海洋的蛋白质，这说明它们的主人食用了很多海洋中的软体动物，在公元前5000多年，狗和人即使没有面对同样的恐惧，至少共享食物，共同体会海洋的幸福。

可以肯定的是，软体动物、肉或鱼这些史前的美食能够满足我们胃的欲望和味觉的需求。在塞贡哈公寓短暂午睡后，我出门去吃点东西。从这座城市蜿蜒曲折的街道中，能够看到一片广阔的绿色洼地。柔和细腻的萨杜河水，虽然不雄伟壮阔，却构成了这座白色城市的门楣。萨尔堡的象征，也就是那座赋予这座城市名字的城堡坐落在山顶之上，在黄昏时分神秘地与河流进行着古老的对话，表达着对大海的渴望。它包含了几个世纪的历史、帝国和战役，闪烁着激情，生命在其中展现了所有的本质。

在走过了历史中心的街道、欣赏了窗户和阳台外墙的宗教气息后，我经过一家名叫"井"的餐厅，看到当天的晚餐菜单是墨鱼炖黑豆。我进去后坐在一张桌子旁，旁边有两个年轻的外国女游客。我从背包里拿出笔记本，试图重塑当下的情形，揭开脚底下的尘埃，在单调的脉络跳动中给脑海里依然浮现的风景赋予色彩。我们知道，从记忆到纸面，事实有被夸张的风险，思念之下所产生的画面可能最终只是一种想象，我们设法让文字成为一栋充满问题和答案的建筑上的钉子，然而这种钉子却很少能够保持原样。

3

这时，一个身穿深色西装的男人走了过来，温和有礼貌地与旁边的外国女子们开始对话。这个人生疏的英语足够让他进行简单的对话，他告诉她们他曾在加拿大纽芬兰的一家鱼厂工作了几年。两位游客是荷兰人，她们一边与他保持距离，一边善意地给予回应，告诉他，她们正在葡萄牙旅行。房间的墙壁上贴着一幅巨大的海报，足球运动员克里斯蒂亚诺·罗纳尔多手里捧着一个小小的金属奖杯得意地笑着。我听到那个男人指着墙壁说，罗纳尔多是世界上最贵的球员或是世界上最好的球员之类的话。对话变得有些无聊，但这个男人最后终于以古萨拉希亚帝国城[1]的历史成功地吸引了这两位年轻游客的注意力，他向她们夸张热情地描绘了罗马时期的萨尔堡市。

"这里曾是一个盐区，哦，是的，这里是一个非常富饶的城市，有很多盐矿。"

/

我看着葡萄牙球员的海报，有点犹豫要不要跟他说罗马马西莫竞技场的驷马战车手迪奥克利斯，据说他也曾在古萨拉希亚帝国城的天空下过夜。有人说，卢西塔尼亚人盖尤斯·阿普利乌斯·迪奥克利斯在去米罗布里加竞技场

---

[1] 现萨尔堡市。

比赛的路上经过这里。尽管距离他的家乡埃梅里塔·奥古斯塔[1]很远，但米罗布里加，也就是现在的圣地亚哥·杜卡森[2]（在萨尔堡再往南一点的地方），有罗马卢西塔尼亚这一带最大的竞技场，如今在阿连特茹市的郊区还能看到它的遗址。

我问那个男人是否听说过这个年轻人，公元120年，年仅16岁的他成为伊斯巴尼亚[3]的冠军。也有不少人说，多亏一批古萨拉希亚帝国城的富豪盐商们的钱财，驷马战车手迪奥克利斯才得以搬到帝国的首都。

不管是不是传说，对于这个年轻的竞技手来说，这都是一个全新的世界。

马西莫竞技场的面积是罗马斗兽场的12倍，其木质看台可容纳约15万名观众。在重要比赛的时候，比如有迪奥克利斯参加的比赛，会吸引到超过25万的罗马人，几乎是四分之一的城市居民，他们遍布在阿瓦蒂那和帕勒蒂那的山上。

椭圆形的沙土跑道，最大长920米、宽150米，被中间的平台分成两半。两座方尖碑竖立在两端，永远都沾满着鲜血，因为这里是最容易发生致命事故的地方。赌徒、放高利贷者、小偷和妓女聚集在入口处。在马厩周围，几十

---

1 现西班牙梅里达市。
2 葡萄牙的一座城市，在行政区上属塞图巴尔区。
3 伊比利亚半岛的罗马名。

名饲养员、兽医和奴隶竭尽所能让马匹保持良好的状态。在斩首或处决奴隶等一系列的娱乐活动后，跑道被清理干净，在阵阵号角声中驷马战车入场，整齐地排列在起点。驷马战车中最重要、最值得信赖的马匹被安排在最靠近平台侧的位置。平台末端的转弯很窄，这匹马必须得控制战车的速度和其他三匹马的跑动。

代表四个最强战车队的颜色分别是：白色、绿色、蓝色和红色，据说法拉利车标的灵感来源于此。迪奥克利斯18岁抵达罗马后，在白队待了6年，但直到第二年，他才获得第一次胜利。在加入红队之前，他又为绿队效力了3年。他从来没有替蓝队出战过。

22岁和23岁是驷马战车手职业生涯中的黄金年龄。竞技中，事故频繁发生，而且几乎都是致命的。虽然战车手

掌控着缰绳和鞭子，但在一秒内，他就可能因一个轮子而失去控制并被抛向栅栏。老普林尼[1]建议用春天收集到的野猪粪来治疗驷马战车手的可怕伤口，方法是将晒干、新鲜或用醋煮沸的野猪粪涂抹在伤口上。用鸦片治疗疼痛也很常见。如果发生感染，可能会马上暴毙，这通常发生在20岁到25岁之间，罗马人称此为"失事"。

富斯库斯死于24岁，克来森斯死于22岁，而奥雷利乌斯·莫利修则没活过20岁。

少数活下来的，通常到这个年龄也就停止竞技了。

每当迪奥克利斯戴上头盔和皮具护套时，他就知道每一个角落都潜伏着死亡，就像威廉·惠勒的电影《宾虚》中著名的战车手之争一样。

在每次比赛前，他必须确保缰绳牢牢地绑在手腕上，刀子就在手边，以便在发生意外情况时能够及时割断缰绳。看台上和周围山头传来的呐喊声震耳欲聋。狂热的情绪随着越来越近的出发信号而增强。奥维德[2]在他的作品《爱情三论》中，以极大的现实主义和幽默感记录了不同社会阶层在马西莫竞技场看台上焦急地等待比赛开始时的情景。迪奥克利斯和他驷马战车的主力马庞培亚努斯沉着地等待着。他对他的战马十分有信心，他们共同赢得了150场胜利，其中100场只用了短短一年的时间，这让这匹马成

---

[1] 古罗马作家、博物学者、军人、政治家，以《自然史》一书留名后世。
[2] 古罗马诗人。

为战队里不可缺少的一员。

其他非洲和西班牙战马，也为迪奥克利斯赢得了400多场胜利，让他成为马西莫竞技场的大赢家。迪奥克利斯也因此从穷困潦倒的文盲变成了受人尊敬的富翁，他获得了整个帝国的尊重。继战车手之后，马匹也是马西莫竞技场的大明星，有的马匹，比如安德拉蒙和波利多克斯，甚至比战车手本人还更有名。年轻的罗马皇帝卡利古拉曾经派士兵让人群安静下来，以免惊吓到马匹。他最喜欢的马匹因西塔图斯，享有那个时代最高的待遇：一个全部用大理石打造的马厩，一条紫色的毯子和一条镶满珠宝的项链。

苏埃托尼乌斯[1]曾写道，甚至有传言说年轻的皇帝打算让因西塔图斯成为罗马的执政官。

赛道上一字排开的其他选手，他们的首要任务是努力确保自己队伍中的超级明星获得第一名。比赛开始后，当发生第一次事故时，竞技场看台上的人群就开始骚动，在大量的酒精刺激下，人群开始越来越兴奋。每当发生事故或马匹被拖走的时候，众人都会起立欢呼鼓掌。每一个竞技手都知道，胜利会让他名利双收，所以他会想尽办法让对手出局。但是正如他的崇拜者所认为的那样，迪奥克利斯受到了丘比特、卡斯托尔和波鲁克斯等众神的偏爱。

5圈过后，庞培亚努斯稳稳地以坚定快速的步伐引领着

---

[1] 罗马帝国早期的著名历史作家。

其他马匹。在余下的两圈中，逐渐锁定了胜局，骑手与马匹之间的默契将被载入赛马史册。

公元146年，卢西塔尼亚人盖尤斯·阿普利乌斯·迪奥克利斯于42岁退役，在他参加的4257场比赛中，共取得1463场胜利，861次第二名，456次第三名。迪奥克利斯还击败了科穆尼斯·维纳斯图斯和庞蒂乌斯·埃帕弗洛迪图斯这两位蓝队的传奇战车手。但他还是远远落后于庞培乌斯·穆斯克洛斯（绿队）的3559次胜利和弗拉维乌斯·斯科帕斯的2048次胜利（他在27岁前取得的成绩）。

然而，迪奥克利斯比其他战车手更懂得经营自己的职业生涯，他会选择参加高奖金的比赛。在哈德良和毕尤统治时期，他积累了令人羡慕的财富，共计35863120塞斯特尔斯[1]，若以今天的货币计算，相当于100亿欧元，这让他获得了史上最富有的运动员的称号，远超球星克里斯蒂亚诺·罗纳尔多。盖尤斯·迪奥克利斯与当时其他的竞技者的另一个不同之处是，他的寿命很长，有时间享受事业给他带来的财富和名声。

迪奥克利斯再也没有回到卢西塔尼亚。退役后，他带着家人和他最喜爱的一些马匹来到山坡上宁静的普拉内斯特村[2]，享受安逸的乡村生活直至去世。他的儿子们在当地立了一块墓碑，他的崇拜者们在罗马为他立了另一块墓

---

[1] 古罗马货币。
[2] 现意大利的帕莱斯特里那镇，位于拉齐奥的郊区。

碑，为后人列举了他的介绍以及他的所有胜利：

盖尤斯·阿普利乌斯·迪奥克利斯，红队的驷马战车手，伊比利亚半岛人，享年42岁。公元122年，他的职业生涯始于白队，此后不久，他为这支队伍取得了第一场胜利。公元131年，他在红队取得第一场胜利。

而他这一切的成功，据说都要归功于萨拉希亚（老萨尔堡）的盐。

II

我像一名朝圣者，走在40年前我们刚来到里斯本这个街区的记忆中。

我在大街小巷中穿行，经过带着神秘名字的街角。这种感觉就像是在迷宫中寻找出口，而我对近几年新搬来这儿的居民的好奇心让这种感觉更加强烈。

这里出现一种新的商业模式，年轻一代葡萄牙人开设的更为考究的葡萄酒、香肠的小吃店，混合着亚洲移民的异国食物和产品。这勾起了我当时离开圣尼古拉岛的古老忧郁记忆，我们越过大洋，为了来到这个明亮而多山的里斯本生活和成长。

我走进那条我们曾经生活过的街道，它像是通往另一个维度的前厅，瞬间似乎有一股来自遥远的有力气流冲向了我。电车在铁轨上发出的金属噪声，打消了我对已发生事实的任何幻想，把我带回到自己所在的现实生活中。

那时的伤感，本质上是压抑和早熟的，仅仅是我身上忧郁的反映。奇怪的是，我在老玻璃厂的纱窗里、屋外的植物中又感受到了这种伤感。楼房外墙的孤独，或者屋顶上鸽子的咕咕声，折磨着那个曾经缺乏安全感的我。屋檐下避雨的海鸥，后院里学生们震耳的喧闹声，一股奇特的忧伤之流似乎飘过我们分租房里潮湿的家具，随着人行道上缓慢前行的老人，在70多岁的双胞胎邻居目光中获得了生命，它沿着墙边的水管和木质的横门，经过圣本图的派艾斯里路，以及拐角处昏暗的摄影工作室，这些瞬间就像童年某种疾病的后遗症。在我的记忆中，还保留着多米诺骨牌倒在酒馆大理石桌面上的声音，以及雨水顺着街道、沿着人行道流淌的惆怅。

我还看到了弗洛尔·马尔塔宫，拐角挂着家族的徽章，接着是老科雷傲宫，然后是长长的康普洛街和门顶上的铁栅栏。马斯特罗斯巷同样昏暗，仅仅是电车刺耳的声响就能激起我深深的惆怅和苦闷。

那些悲伤和沮丧的场景：特茹河上被缓缓拖行的船只、在阿莱克林街上看到的石拱门、商业广场上红十字护理站散发的乙醚气味、正在过河的轮渡身后泛起的一串串泡沫、共和国议会宫的外墙及其巨大的大理石楼梯，笔直站立着的身穿制服、戴着白手套的卫兵，所有的一切构成了一幅令人难以忍受的沉闷和忧郁的画面。

这种无法控制的感觉也可能是因为大街上，在冬夜的蓝色雾霭中，悲凉的路灯照射下疲惫不堪的冷饮小贩；街门的三层石阶上，海鸥街第二男子小学（免费教育）门口的金属板；暮色中，透过房子敞开的门看到的木质楼梯，门上的彩色玻璃圆窗；充满阳光的院子里，在窗户外晾晒着的衣服，让我想起老屋通风口的阁楼；门外瓷砖上的宗教图像。一张清单可以一直忧郁地列下去。

我看到身体在未知的土地上移动。人们来来往往，路上混合着他们的年龄、声音和他们自己对将来的幻想。我一边看着这一切，一边顺着儿时就认识的街道走去。在这些街道中，我最初的记忆凝聚在另一个身体里，似乎正在从远处观察我。我身上还有哪些孩童时留下的痕迹？对这个答案的渴望让我产生了一些模糊的想法，比如人存在的多种可能性和时间的不可逆性，会不会有人移民去了其他国家，但是另一个他却留在原地。

我想象这个人在关键时刻可以像细胞一样一分为二，过着两种生活，经历不同的挫折、爱情和不幸。如果让他们面对彼此，则将生活在亨利·詹姆斯[1]笔下斯宾塞·布莱顿[2]的痛苦中：夜晚，在老宅的黑暗走廊里，一个人永远在追逐着另一个自己。

一边是已经中年的我，而另一边仿佛是那个穿着塑料凉鞋跟在电车后面跑来跑去、被明媚日光所吸引的孩子，他肯定无法想象有一天会成为现在的我。我在遐想的世界里彻底放空自己，我跳入时间中，到记忆深处去寻找那些

---

[1] 英籍美裔作家，著有《一个美国人》《一位女士的画像》等小说。
[2] 亨利·詹姆斯的小说《欢乐角》中的主人公。

日子里短暂的光芒。我也会产生一些日常生活中普通场景的幻想：人们孤零零地坐在咖啡馆里，隔着玻璃心不在焉地看着我，仿佛他们认出了我。

在与黑人井路上的书商简单交谈后，我在酒吧和糕点店之间转了一圈，喝了一杯咖啡和一杯水。我仔细观察周围，倾听人们的对话，分析他们的姿态。也许我正在质疑周围的存在，或者我患上了某种神经症，我感到的空虚是对失去世界的怀念，使我开始某种朝圣之旅。我问自己神经机能是否健康，是否我不快乐的童年是由于我无法实现一些场景、一些想法，比如再看到我故乡的岛屿或对山坡上老房子的遥远记忆，我的情绪逐渐改变，是反抗和明显的自我毁灭态度。

最后，另一场蜕变也从那时起在这个城市的老城区里发生：移民家庭一点点地蜕变成新的葡萄牙家庭。模糊隐约的葡萄牙根源，给我们带来错觉，好像我们实现了一场格外成功的冒险。其实，世界是不会改变的，改变的是我们自己。

4

片刻组成了时间,而时间,其实也是个东西。有些东西是如此之大,以至于我们无法搬动或拥抱它们;有些是永恒的,就像现在萨杜河水中倒映着的孤独的白色城市,它和在当年罗马的卡里普斯河和阿拉伯的夏特河水中倒映的景象一样。

用利奥波迪娜的话说,这是宇宙和文明的变化。

我回到公寓的房间,躺在床上,没有什么特别的事情可做,于是我打开电视。我跳过各个频道,直到最后停在BBC娱乐频道,它正在播放一部英国的年代剧。故事根据第一位黑人职业足球运动员沃尔特·图尔的生平改编,他是中锋,也是英格兰足球联赛的首批射手之一。可以说,欧洲足球场上的种族主义是从图尔开始的。

但是,我很快就意识到,BBC系列节目所讲述的沃尔特·图尔是我完全不了解的一面。

影片中的主人公穿着卡其色的军装,是英国陆军军官学校的一名学员。其中有一幕,当图尔和学员们第一天晚上回到宿舍时，他发现同学们的鞋子都整齐地排在床边，旁边还有一把刷子和一罐鞋油。校长毫不掩饰其看到一名黑人学员的惊讶，并想方设法让他无法通过考试。校长告诉他，英国陆军的规章制度写得很清楚："英军士兵不服从黑人、混血军官或非欧洲人的命令。"

根据官方资料，图尔1888年出生于英国，是巴巴多斯移民的儿子，他的祖父是一名砍蔗人。图尔和他的弟弟爱德华变成孤儿后，被送到伦敦的一家孤儿院，在那里，他开始踢足球。在结束中学教育后，他加入了伦敦一家业余足球俱乐部——克莱普顿队。在1908—1909赛季，沃尔特·图尔帮助球队取得了不错的成绩，赢得了业余杯、伦敦高级杯和伦敦郡业余杯的冠军。体育报纸称图尔是"本赛季的黑马"，夸赞他"拥有非凡的腿法和远超平均水平的球技"。随后，他立即被托特纳姆热刺足球俱乐部签下，成为继门将阿瑟·沃尔顿之后的英格兰第二位黑人职业球员。

在讲述他人生的电影中，图尔最终追求到了军官学校一位红发雀斑女厨师。在河边散步时，他向她透露自己曾随队去过阿根廷和乌拉圭。拉美之旅结束后，图尔从热刺那里得到了10英镑的合同和每周4英镑的薪水。在下个赛季，球队升入甲级联赛。媒体对图尔的青睐与他在球场上面临的种族主义压力形成了鲜明的对比，他必须在3万名愤怒的带有种族偏见的球迷面前比赛。

尽管他很有天赋，但俱乐部最后还是无法妥善地处理种族问题，于是沃尔特·图尔被迫更换俱乐部，1914年他签约了格拉斯哥流浪者足球俱乐部。但这时爆发了第一次世界大战，他无法再继续踢球。这就是我曾经对这个人物的全部了解。

后来我才知道，1916年1月，这位前足球运动员在索姆河战役中病倒，然后被送回英国。他在战场上的表现给军官们留下了深刻的印象，于是被建议提拔。

康复后的沃尔特·图尔成为英国陆军历史上第一位黑人军官，他打破了所有的规定。图尔以士兵指挥官的身份回到枪林弹雨中，但他最后身负重伤死于战场。尽管他的手下们进行了多次尝试，但他的尸体始终没有被找到。

/

在第二天潮湿的黎明，当我离开萨尔堡时，想起早在图尔之前，黑人就曾成功地指挥过高加索人的军队。

穿过起伏的绿地，在沿着向托朗镇[1]前进的道路上，我想起了普希金的曾祖父——阿布拉姆·彼得罗维奇·甘尼巴尔——他是俄国历史上最著名的混血儿，以及他手下的仆人们和命运对他们处境的嘲弄：他曾经是一名黑人奴

---

[1] 葡萄牙萨尔堡市的一个教区和城镇。

隶，而现在无数白人家庭与他的命运紧密相连，他是他们的"主人"。他们结婚甚至死后的埋葬都需要得到他的允许，如果甘尼巴尔出售财产，这些仆人，无论男女老少，就像他名下的田地、森林、河流、村庄、牲畜、马匹和狗一样都会被卖给新的主人。

在休·巴恩斯[1]书写的传记中，甘尼巴尔，这位俄国黑人骑士曾穿越雪域草原，他一直被视为勇敢英武的人物、善良的野蛮人和彼得大帝曾经的门徒。很少有人知道，他是俄国沙皇最杰出的智囊和顾问，富有思想和智慧，他还是数学家、语言学家、外交家和著名的军事家。伏尔泰甚至称他为"俄国启蒙运动的黑色之星"。

他对当时的种族主义意识进行了猛烈且持久的挑战。

傍晚，当天色渐渐暗下来，大雪抹去了房子周围最后的草木痕迹，一对双胞胎女奴在壁炉里点起火堆，对着一位非洲老人念书。她们是附近村子里仅有的两个识字的女孩，自从这位非洲老人从去年夏天开始教她们第一个字母以来，他就乐于检查她们的学习进度。在服侍俄国沙皇之前，年轻的甘尼巴尔曾在君士坦丁堡服侍过两位土耳其的君主。他面前两个女孩的画面让他想起了他和他的哥哥阿卜杜尔在非洲村子里的孩童时光。这位对屈辱、背叛、流亡和偏见应对自如的将军，始终无法真正忘怀的是阿卜杜

---

[1] 英国作家和记者，曾在俄罗斯和哈萨克斯坦工作了25年。

尔在广阔俄国大地上的神秘失踪。而现在，他的生命也即将走到尽头，他知道他可能永远都无法得知真相。

老甘尼巴尔记得那天他们从非洲中部的家乡被绑架到君士坦丁堡，那里有鹅卵石铺成的街道、港口旁的房屋和宫殿的圆顶。他们在后宫开始学习土耳其语、波斯语和阿拉伯语。在托普卡皮宫，除了他和阿卜杜尔这两个奴隶，还有其他类似的男孩。直到有一天，俄国驻君士坦丁堡大使彼特·托尔斯泰（《战争与和平》的作者列夫·托尔斯泰的祖先）买下了他们，把他们送到莫斯科作为礼物献给彼得大帝。

三个月的东欧之行比莫斯科寒冷的冲击更加强烈，让甘尼巴尔记忆犹新。客厅的窗外，在房子周围他亲手种下的幼橡树的树枝上，雪花慢慢堆积起来。

他凭借魅力和智慧获得了沙皇的赏识，而这不利于他的哥哥。一个问题不可避免：为什么阿卜杜尔不能也享受君主的恩惠，像王子一样接受教育？难道他们不是来自一样的地方，一样的稀少和奇怪？难道就没有空间再容纳一个来自热带地区的黑人吗？但老甘尼巴尔并不是不知道，他接受宫廷的教育是俄国的军事和行政现代化战略的一部分，以表示这个国家对世界的开放。彼得大帝发现没有比一个前黑奴更好的素材，以向继续留着长胡子和穿着宽袖大衣的落后社会证明他的前卫思想。

在寒冷的草原黎明时分,那两个黑人孩子仍然每天来探访这位非洲老人。

在彼得大帝的命令下,他的哥哥阿卜杜尔在9岁时加入了普列奥布拉任斯基军乐队,成为一名双簧管手,而甘尼巴尔则穿着同一军团的绿军装,戴着白头巾,开始他传奇的军事生涯。令他最难忘的记忆是在8岁时,在维尔纽斯郊区与瑞典人的战役中,在沙皇瘦长的影子下,他接受了战火的洗礼。

与阿卜杜尔的分离,以及最初的几次战役让他提前告别了童年，剪断了他最后的家庭纽带，让甘尼巴尔进入了成年人的世界，被迫快速地成长。

在宫廷侍从的眼中，沙皇真正的儿子是黑人甘尼巴尔，而不是罗曼诺夫的合法继承人、年轻的阿列克谢·彼得罗维奇，他的内向和对军事的冷漠更增加了父亲对他的反感。前奴隶和君主之间奇怪的父子联系，使少年甘尼巴尔成为彼得大帝在与外交官和军事家举行重要会议时不可或缺的人物，他也成了彼得大帝的私人秘书和助理。

倚靠着温暖的壁炉，老甘尼巴尔回忆起他与沙皇分享的无数秘密，以及在沙皇身边度过的漫长时光。他睡在沙皇的门边，随时准备笔和油灯为他服务。

在这位黑人老将军最后的几年里，他经常梦到穿着洁白无瑕的睡衣、脸色苍白的阿列克谢·彼得罗维奇，他被指控密谋叛乱后被彼得大帝处死。他还遗憾他一直没能与沙皇对质，以获得哥哥阿卜杜尔的下落。阿卜杜尔在20岁时被迫与一个年轻女仆结婚，不久便突然神秘失踪。这两个人是他在俄国的仅有的玩伴，夜晚，他们的悲惨命运总在他脑海中浮现，就像两颗游荡的、未熄灭的星星。

事实上，阿卜杜尔最终被他神秘的命运所抛弃。

/

20岁时，当甘尼巴尔和沙皇的随从一起去拜访年幼的路易十五时,他从对阿卜杜尔的思念中走出,因为他的眼睛被巴黎街头的宫殿和外墙所深深吸引。

我们可以想象当他看到杜乐丽花园的繁华和皇宫中张张美丽面孔时的惊叹。据说,这位黑人王子甚至还睡过巴黎一些著名的沙龙女郎,她们忍不住掀起他的假发,用手指捋他的黑色鬈发。

当莱布尼茨[1]发现甘尼巴尔从头到尾读过他的微分学著作,并对牛顿的《数学原理》也非常熟悉时,感到十分意外。另外,甘尼巴尔对斯宾诺莎、笛卡儿和培根哲学理论的热爱使他成为全俄国最有文化和最杰出的年轻人之一。

1717年,年轻的伏尔泰在新桥的一家咖啡馆里将他介绍给他的朋友孟德斯鸠(上帝以他永恒的智慧怎么会允许这样的灵魂寄宿在一个黑色的身体里)。接下来的几天里,他们三人一起穿梭于巴黎的派对和剧院。对于包括狄德罗在内的启蒙哲学家来说,这位"沙皇的黑奴"显然是对黑人"动物性"和"绝对劣等"等刻板印象和偏见的一大例外。

在黑人非人化的快速进程中,他是一个小小的例外。

这位只有20岁的年轻人成了彼得大帝所期望的教化大俄国的典范。他的威望已超过了他普列奥布拉任斯基军团工程兵团中尉这个不大的军衔,于是在莫斯科和圣彼得堡

---

[1] 德国哲学家和数学家。

的沙龙里,他的敌人也越来越多。

彼得大帝死后,因为政权更迭,甘尼巴尔开始了向西伯利亚地区的喀山城的700千米长征。

喝着冒热气的咖啡,这位非洲老人回忆起他穿过雪地和无尽森林时的悲壮和寂静。这是他的第一个流放地,他以"服务委员会"的形式远离权力的竞争。甘尼巴尔以在那里建造堡垒为由,在零下40摄氏度的气温下,在俄罗斯帝国靠近蒙古的偏远边境上度过三年的时间。

一段时间后,横穿贝加尔湖的冰风带来了权力再次更替的消息。这位非裔俄国人立即踏上了前往圣彼得堡的6000千米旅程。在海军的一次冬季舞会上,他无可救药地爱上了腼腆又脆弱的叶夫多基娅。然而,因为"非我族类"的观念,甘尼巴尔和这位年轻女子的婚姻引来了大众的羞辱、嘲讽。最后,叶夫多基娅背叛了他,生下了一个金发碧眼的婴儿,后来她甚至还想毒死甘尼巴尔,丑闻就此爆发。

叶夫多基娅最后被流放到一所修道院,并在那里死去。后来,甘尼巴尔与瑞典贵族克莉丝汀·冯·斯约贝格结婚,她除了给他生了五个孩子,还为他打开了通往贵族的大门,并帮助他在欧洲多个宫廷中传播他的黑色血脉。

几年后,当彼得大帝的女儿伊丽莎白公主在宫廷政变中夺取政权后,甘尼巴尔对俄国的贡献终于得到了公众的认可。除了授予他少将军衔，伊丽莎白还签署诏书，赠予阿布拉姆·彼得罗维奇·甘尼巴尔巨大的米哈伊洛夫斯基农场以及569名仆人，使他成了富翁。

甘尼巴尔在内心深处怀揣着感恩。有时，他的脑海里会浮现出同马拉诺人[1]扬·达·科斯塔短暂的友谊，他有良好风度和文雅的待人方式。他们一个是穆斯林，一个是犹太人。两个受了割礼的人，在那个心胸狭窄、充满敌意的俄国生存了下来。尽管沙皇对犹太人怀有仇恨，但这个葡萄牙人同样为自己和家人赢得了彼得一世的好感。他从葡萄牙宗教裁判所逃出来后，从荷兰来到莫斯科。正是因为这位葡萄牙犹太人的机智拉近了甘尼巴尔与他的距离，并使彼得大帝破天荒地邀请他进入宫廷。他是一个风趣的人，识得多门欧洲语言，但同甘尼巴尔一样，他也没能逃脱宫廷的嫉妒和阴谋。最后，这位葡萄牙人也成了彼得大帝惯常玩笑的牺牲品。彼得大帝授予他萨莫耶德国王的称号，并赠予他芬兰附近被人遗忘的索默尔荒岛。

在他们的谈话中，达·科斯塔告诉甘尼巴尔在里斯本生活着大量的黑人。

橡树和冷杉安然面对着冰冷的风，他的花园延伸到湖畔，甘尼巴尔认为这段时间是他一生中最快乐的时光之一。至于他一心想要完成的传记，关于那个当初和哥哥一

---

[1] 中世纪时在西班牙和葡萄牙境内被迫改信基督教而暗地里仍信奉原来宗教的犹太人或摩尔人。

起从非洲农村被绑架出来的男孩的传奇故事,以及他所经历的不凡命运,在充斥着恐惧和痛苦的火焰中噼里啪啦地燃烧着。也许是对阿卜杜尔的悔恨和记忆太过沉重,以及如今在岁月的烈火中越渐清晰的非洲童年,让他变成了一个备受折磨的隐士,分不清梦境和现实。

/

高加索部队的另一位黑人将领是法国贵族、圣多明各殖民地一个破产的甘蔗种植商和一名黑奴姑娘的儿子托马斯·亚历山大·仲马,他继承了父亲的侯爵的身份。

在走投无路之际,他的父亲安托万·达德·拉·帕耶特里别无选择,只好在太子港卖掉了他,以支付回法国的船票。但他的父亲一到欧洲后就将他赎回,作为其合法继承人。于是,年轻的托马斯·亚历山大发现自己一下子从圣多明各山上种植园的土路和破败的棚屋来到了四面是发霉墙壁的诺曼底城堡,开始穿着柔软的丝绸新衣、外套和鞋子。

在安托万卖掉家族的地产后,父子俩就搬到了巴黎郊区的一个小镇。尽管亚历山大是黑人,但他还是接受了针对年轻侯爵的智力和体能训练。托马斯·亚历山大经常到访的巴黎城内有其他"美洲"黑人,他们戴着白色假发,嘴唇涂着颜色,用米粉抹白皮肤,穿着路易十五宫廷里最时髦的衣服。

其中有一位风度翩翩的圣乔治骑士，他是一位优秀的剑客，后来成为托马斯·亚历山大的老师。在学校里，托马斯学会了剑术和骑术等科目。圣乔治是一个多才多艺的人，他是剑术老师，也是全欧洲最优秀的剑客，托马斯非凡的体能和用剑天赋给他留下了十分深刻的印象。

托马斯·亚历山大当时所在的法国充满了启蒙运动、改革主义和自由主义思想，路易十四为规范殖民地的奴隶而制定的《黑人法典》每天都在法国法庭上接受不同的挑战。但同时，这个国家也还不清楚该如何对待黑人和混血人口。虽然他是侯爵血统，但托马斯·亚历山大和所有"非白人"贵族都被禁止在公开场合使用这个头衔。不过，他每月从父亲那里得到的零花钱，让他可以像个花花公子一样生活，享受生活的乐趣，对围绕在他身边的女人讲述美洲殖民地里的丛林、沼泽和鳄鱼。

但正如汤姆·雷斯[1]在《黑伯爵》一书中所揭示的那样，因为他不满父亲与前女佣结婚，导致双方关系破裂，托马斯·亚历山大的生活费也被大幅削减。由于没有其他能够维持生计的职业，他应征入伍到王后第六龙骑兵团，成为一名列兵。24岁时，他放弃了自己与生俱来的贵族姓氏，改用被遗弃在圣多明各的女奴母亲的姓氏：亚历山

---

[1] 美国作家、记者。

大·仲马。

在法国轰轰烈烈的大革命中，士兵仲马所在的军团奉命保护巴黎以东的维莱科特雷镇。玛丽·路易丝十分倾慕这个曾在她父亲旅店下榻的黑皮肤士兵，并在写给朋友的一封信中赞扬他绅士的风度和修长的身材。女孩的父亲也被仲马的聪明和个性所打动。然而，在答应将女儿许配给他之前，玛丽的父亲决定只有在仲马晋升为士官后，才能举行婚礼。

1789年的夏天，仲马和王后第六龙骑兵团继续执行维持城镇治安和公共活动的任务，试图抑制开始席卷法国的暴力事件。仲马在比利时境内对荷兰和奥地利军队的快速游击行动中，表现出了极大的勇敢和无畏精神，有时甚至不顾牺牲，而这时已经进入革命的扩张阶段。

三年后的1792年，仲马在维莱科特雷镇向未婚妻求婚，这时的他已经晋升为中尉，指挥着一支由两百名黑人士兵组成的军团，他们渴望传播革命的价值观。一年多后，随着黑人军团的解散，仲马被战争部长提升为北方军团的准将。法国革命所倡导的终结君主制以及自由、平等、博爱的理念引起敌国数量的增加。军队急需有魄力的指挥官来应对接下来的战斗，而年仅29岁的亚历山大·仲马准将被提升为少将，麾下有一万名士兵。

仲马受命率领阿尔卑斯军团，在天然要塞尼峰之间突破敌军的防守，进入意大利。在阅读了一夜尤利乌斯·恺撒的《高卢战记》后，他穿上军装，指挥他狂热的部队，手握刺刀上山，对盘踞在山上的皮埃蒙特炮兵连续冲锋。敌军士兵伤亡惨重，最后仲马的军队只伤亡了40人，并抓获了900名战俘。

当时的法军最高统帅拿破仑·波拿巴为这次的胜利欢欣鼓舞，因为这为入侵意大利铺平了道路。但仲马和拿破仑很快就在几个问题上发生了冲突，比如对待平民的方式，仲马主张制止法国士兵鱼肉百姓。仲马从来没有要求其他军官对他崇敬，而拿破仑却非常享受将军们对他的个人崇拜。

可以说，仲马军事生涯的转折点发生在法国的土伦港。

在山丘高地上，仲马看到54000名士兵，1230匹战马，

上千件武器弹药，还有一支由科学家、工程师、天文学家、数学家、医生、艺术家、自然学家等组成的队伍，登上180艘战舰向埃及的方向秘密前进。

征服埃及本来是为了给在欧洲的法国军队提供粮食补给，但最后却变成拿破仑最大的军事灾难之一。长途行军中的痢疾、疲劳、口渴、饥饿和贝都因人的不断攻击，摧毁了部队的士气。在打败了马穆鲁克人后，开罗的居民看到法军进城。正如远征军的首席医疗官在回忆录中详述的那样，当地的居民都以为这位身材高大、骑着战马、跟随在拿破仑身边的黑人将军才是远征军的最高首领。

但除了发现罗塞塔石碑和缝制书脊的技术，拿破仑的军队和他的科学家团队在入侵法老之国后几乎毫无收获。拿破仑·波拿巴把指挥权交给手下的将军们，然后灰头土脸地回到法国。仲马和科学家德奥达·德·多洛米厄也在亚历山大港乘坐一艘小船返航，逃离这个影响他健康和精神的国家和气候。然而，接连几天的暴风雨和船上的困难条件迫使他们停靠在意大利南部的塔兰托湾。

那不勒斯王国是法国大革命的敌对国家，仲马在那不勒斯城开始遭受长时间的折磨。在塔兰托要塞被囚禁的三年里，遭受的虐待以及法国政府对他的遗弃，激发了仲马之子亚历山大·大仲马的灵感，写出了《基督山伯爵》，讲述了一个叫爱德蒙·邓蒂斯的人被关在地牢里的故事，然而爱德蒙所遭受的不公正待遇可远比不上他父亲的亲身经历。

4

三年后，玛丽·路易丝在巴黎的公寓里再次看到那个曾经在维莱科特雷镇遇到的男人，不过此时他已是一脸苍老。除了饱受胃痛之苦，仲马的身体被严重摧残，他的头发已经掉光，十分瘦弱，对于一个39岁的男人来说，他已经足够老了。他甚至还失去了部分听力和一只眼睛的视力，并有一侧面瘫。

仲马回到的法国也不再是他离开时的那个法国了。

在《公约》和《名录》出台之后，拿破仑·波拿巴掌握了绝对权力。混血人种的学校被禁止，殖民地又恢复了奴隶制和奴隶贩卖。所有有色人种的官兵都被禁止进入军队，甚至被禁止在巴黎居住。黑人和混血儿需要特别许可才能进入法国。拿破仑的新政是要消除黑人在革命热潮中取得的所有成就和公民的权利。

除了重新参军的请求被拒绝，亚历山大·仲马还面临着被驱逐出法国的危险。仲马将军在临死之际也没有因其做出的贡献获得荣誉军团勋章。玛丽·路易丝一再申请法律规定的将军遗孀抚恤金，但大门始终向她紧闭。无论仲马的旧部和他最忠诚的朋友们多么想帮助仲马一家，都被拿破仑无情地拒绝。拿破仑甚至禁止人们提起这个人的名字。

/

荣耀、轻视和流放。

两位黑人军官都生于18世纪，命运坎坷；他们都深受部下的爱戴，但被种族主义所摧毁，被历史的怪物所吞噬。显然，生活就像是单纯的重复，没有尽头和目标的模仿。在无法避免的黑暗笼罩下，在他们的美德、罪行和良知面前，他们承受着自己的孤独。

甘尼巴尔家族印章上有一头大象的形象，以及一个他自己母语中的单词"FUMMO"（意为我的家乡）。直至85岁去世，他都会在自己的信函和文件上盖上这枚印章。

甘尼巴尔和仲马的葬礼，都只有家人和少数好友参加。

法国黑人将军仲马的事迹在他的儿子亚历山大·大仲马的笔下和在玛丽·路易丝的记忆中得到重温。《三个火枪手》和《基督山伯爵》就是对不平等历史的完美隐喻。

甘尼巴尔的曾孙、俄国文学之父亚历山大·普希金未完成的《彼得大帝的黑奴》也是给老将军阿布拉姆·彼得罗维奇·甘尼巴尔的永恒墓志铭。

遗忘的斗篷被文学的奇迹所掀开。

5

当我穿过巴洛辛纳沼泽地上的小桥时,桥下池沼上闪耀的第一缕阳光想要告诉我些什么?我此时站在18世纪葡萄牙内战的遗址上。

我穿过农业公司建筑周围的房屋,进入巴洛辛纳体育俱乐部的老球场,高高的草丛和灌木是水泥看台上唯一的观众。我看到一个女人正在足球场中间露营,她一看到我就问我是不是游客。事实上,只有游客才会从穿过沼泽地的高速公路上停下来,冒险进入这些被遗忘的场所。我爬上长椅,看向那片土地,9月的一个早晨,有一些人葬身于此。但我不认为是这片还留着最后收割时潮湿稻茬的宁静稻田,造成了唐佩德罗的支持者们最具历史性的失败。

当时,在密集种植水稻之前,上涨的潮水和萨杜河的支流已经在此形成了大片的沼泽地,然后渐渐渗透到阿连特茹地区。19世纪初,人们开始在河岸边大力种植水稻,不过在我看来,这不足以吞没马匹、大炮和士兵。人们把灾难归咎于偏僻又毫无生机的萨杜河,以及自由军战略家们的无能。他们傲慢地沉醉于最初的胜利,忘记还有民兵的怯懦和士兵的恐慌。

有人写道,在兄弟之争的战役中,死的自由派士兵比其他任何一场战役都多。但最奇怪的是,决定战役胜败的是泥浆,而不是大炮和步枪。战役发生在古老而宁静的萨尔堡附近,农民们从村里逃到河对岸,蜷缩在被软木橡树和野桑树掩盖的山丘上。在马匹的嘶鸣声、刺入肉体的刺刀声和震耳欲聋的步枪声中,他们目睹了战争残暴的场面。

河对岸战役的细节将是目睹者以后日子里永恒的谈资,但在此之前,村民们带着战争的消息一口气跑向村子的主广场,拆床单做绷带,烧水,把所有可用的酒都收集起来,为那些即将躺在院子里摆好的行军床上痛苦的人们服务。

/

莱莫斯将军下令大举进攻,并远远地观察步兵的行动和骑兵的拼死冲锋,空气里充满着硝烟,让人无法呼吸。火药的烟雾刺痛人和坐骑的鼻孔,他听到喊叫声,感到士兵们脸上的恐惧。

另一边,弗洛伦西奥·若泽·达席尔瓦感到无法动弹,他不明白自己的部下发生了什么,他们为什么狂奔,然后被泥浆吞噬,他们的小腿和膝盖无法挪动,打着手势仿佛在宣布一个奇妙的发现。逃出沼泽陷阱的人抛开一切，将自己被恐怖附着的身体投入河水中，永不回头。一如往常，这场战役也充斥着鲜血、尖叫、呼吸、恐惧和逃亡，所有的一切都定格在神圣的祈祷中。在一群鹭鸟平静的注视下，潮湿的田野上演绎着暴力的几何图影，等待着死亡后的寂静。

几天后，一名在专制派部队服役的年轻法国军官写道，米格尔派的胜利正如预期，并且是"全国最彻底、最辉煌的胜利"。他描写说，莱莫斯将军从正面无畏地攻击英国营，而两个分队在他的命令下，快速行动，从正面、侧面和后面同时攻击敌人。敌军不得不极度混乱地逃离战场，逃亡者在专制派士兵的攻打下溃败，这是一场名副其实的大屠杀。只有少数的人能够上船，把大败的消息传到塞图巴尔，这也让相当数量的武器弹药、旗帜和武装防御设施落入了专制派军队的手中。

这的确是一场大胜，莱莫斯将军因此获得了中将军衔，并被推荐到基督骑士团，这大大提升了他的声誉。

第二天，从塞图巴尔到帕尔梅拉走了12里格[1]后，弗洛伦西奥中将写了一封十分艰难的信（"你可以想象一下我现在的状态"），他向上级汇报敌军的2000名士兵、150匹普通战马以及2门大炮和1枚炮弹如何对他的1300名步兵、

---

[1] 欧洲和拉丁美洲一个古老的长度单位，在英语世界通常定义为3英里（约4.828千米，仅适用于陆地上），大约等同一个人步行一小时的距离。

40匹战马和2门大炮造成恐慌，尽管他认为他们占据了良好的地理位置。最初爆炸的几颗手榴弹吓坏了先头部队，军队的指挥官们放弃了队伍，这也感染了里斯本志愿军营，当专制派部队在四分之一里格之外出现时，他们就丢掉武器，向萨尔堡逃去（"我所有的命令都不起作用"）。

当他最后一次在战场上努力召集逃亡的步兵和骑兵时，他自己也被5名游击队员所俘虏。不过这些人对他们手中的囚犯的重要性一无所知，在提出的条件得到满足后，他们便释放了弗洛伦西奥中将。当他回到村里，接待他的是团里的112名士兵，他们焦急万分地聚集在一起，光着脚十分狼狈，因为他们在投河自救前都扔掉了鞋子。

/

让我想起这些在葡萄牙历史上并不太被人熟知的历史事件的原因是利奥波迪娜的曾曾祖父，黑人多明戈斯正是专制派部队的一名士兵，他们在自由派溃败后高喊胜利。

晚上，莱莫斯将军下令改善伙食，大家吃着米饭和肉，喝着酒，直到天亮。第二天，他们聚集了443名俘虏，长长的队伍开始向坎普马约尔镇前进，然而，他们刚走了三四里格的路，就看到来了两名骑兵。军官们在与他们单独会面后，命令自由派的军官与其他的俘虏士兵分开，然后叫来了四名自己的士兵，交给他们铁锹和镐头。

多明戈斯就是这四名士兵中的一名。

自由派军官的队伍走在大部队的前面，再往前行进了一段距离后，他们改变了路线，往阿尔加利的方向走去。

利奥波迪娜一直认为，之后发生的事情是多明戈斯逃离专制派部队的根源。

我离开了萨杜河岸，向内陆的田野走去，有几头牛在软木橡树间低着头吃草。我选择连接萨尔堡和托朗的一条道路，走了一个多小时才到达目的地，但令我惊讶的是，阿尔加利农场大门紧闭。左手边白蓝相间的水泥墙上，贴着一张白纸，上面写道："关于这三处房产的相关事宜，请拨打手机号码……"我拨通号码，电话另一头是一个威严的声音。我尽可能向他解释我此行的目的，他回答说："事实上，在那里发生的是一场大屠杀，我一定要去要求市政厅为维护方尖碑捐款，否则我就要开始向像你这样的好奇者和学生团体收取参观纪念碑的费用。你在那里等一会儿，我看看能不能找到人来接你，但我什么都不能保证……"

吉尔是一个相当高大且秃头的阿连特茹人，他开着吉普车快速地穿过软木橡树和石松林。我们经过路边的一些单层楼房，那里曾经是马厩，现在用于存放重型机械和拖拉机。我们开过一个山谷，经过一条新灌溉渠的工程，然后转向西边，在牛群中驶过，牛群们慌乱地起身，一群小牛跑在我们前面。我们停下车，吉尔打开两道栅栏门，在牛群和广阔宁静的田野之中，方尖碑矗立在我们的面前。软木橡树和栗子树就像一支幽灵荣誉卫队，在山坡上守望着这座史诗般的纪念碑。纪念碑像一个符号，似乎只是为了体现辉煌战争过后的空虚和无用。周围没有座椅或广场。方尖碑孤独地矗立着，沉默着，寻找着某种正义感。

根据我的估算，它大约有3米高，在它周围有一个小的、粗糙的花坛，用铁丝网围着，吉尔告诉我这是为了防止牛吃掉花坛里的草。纪念碑的一侧写着葡萄牙历史上的一个小片段，内战中不为人知的情节：1833年11月2日，29名自由派军官在萨尔堡（巴洛辛纳）战役失败后的第二天被枪杀。

囚犯们被分为四人一组，第一组跌入乱葬坑后，又有四名上前去迎接他们的命运，对面行刑队的六名米格尔派士兵则重新给步枪上膛。这是利奥波迪娜从她的祖母埃乌杰尼娅那里听来的，而她祖母又是从曾祖母祖尔米拉那里听曾曾祖母约瑟法转述她的丈夫多明戈斯当时目睹的场景。

多明戈斯响应君主的号召，在保卫祖国这一崇高思想的驱使下，高举君主的旗帜。但在行刑的那一刻，他看到两个世界正面相对；两个政权，一个是君主专制和保守主义，而另一个是自由派和改革主义，两种制度都能够改变人们的意愿，或玷污一个清澈无辜的早晨。尽管支持保守的君主专制制度，但利奥波迪娜的祖先却体现出了卓越的现代性。多明戈斯是一面代表混血和统一的旗帜，他的血液中带有未来葡萄牙的基因，他代表着和谐，一种自阿拉伯人时代起就塑造起的民族性格，他本身就是现代葡萄牙人的典范。

他是一个超越肤色限制的年轻人，代表着幻想、反叛、不拘一格和新的时代。本质上，他是一个敏锐、不受约束的人，拥有精神的和谐、自由的幻想。多明戈斯选择逃离、自我边缘化，作为抵御剥夺生命的武器。在最卑微的阶层中，有一些人会对自己的特质形成一种自我意识，比如多明戈斯，他在自己和外在世界（一个由上帝创造的世界）之间找到了一种平衡。

方尖碑的另外两面已经被时间侵蚀，石头上刻着由贝雅法官蒂亚戈·若泽·诺若那主导的篡权政府恶行下受害者的名字，他们分别是：亚历山大·费雷拉·本菲特、本托·布朗克·达布拉斯、安东尼奥·特诺·布拉斯、安东尼奥·多西诺·坎贝尔、弗朗西斯科·德马托斯、席尔瓦·宝拉·布特略、弗朗西斯科·马努埃尔·维拉、弗朗西斯科·德阿玛多、弗朗西斯科·玛利亚·杜托诺、若昂·若泽·德安德拉德、若阿金·德贝拉·卡不楚、若昂·玛利亚·德奥利维拉、洛伦索·苏庞多·马努埃尔、若泽·戈梅斯·马迪诺、安东尼奥·德米拉·马努埃尔·若阿金·阿丰索、佩德罗·玛利亚·卡拉鲁尔。

  时间已经在磨损的石头表面抹去了其他人的名字，他们被彻底地遗忘。除了纪念永恒的当下，以及封存一个民族几百年命运的战斗，空气中还留下了一丝历史带来的无力感，混合着无止境的战争与混沌，瓦解、分解之后留下的尘埃。

III

安德雷萨·都纳西蒙多于1889年开始在位于黑人井路的卡瓦坎蒂家里做女佣，这是一个来自意大利皮埃蒙特地区的家族。

一条非同寻常的无形轴线穿过这个街区的拱形屋顶，连接三个历史地点：我的第一所小学，位于小广场对面，那里曾挖了一口井用来埋葬在里斯本死去的黑奴；卡瓦坎蒂家的一楼，安德雷萨在那里蜕变成黑人费尔南达；还有我们家所居住的简陋三楼。

她也许是那个时代里斯本最著名的非洲人。安德雷萨住在一楼，在离我们家不远的同一条街上。她是来自圣地亚哥岛里贝拉·达·巴萨村的清扫工之女，也有些人认为她是几内亚人，不过所有关于她非凡人生的版本都是基于她留下的虚构自传。我们无法证实艾萨·德·克罗兹[1]是否曾与这位佛得角女人认识，更无法知晓他们是否曾一起挽

---

[1] 葡萄牙小说家，以反映葡萄牙现实生活的长篇小说《阿马罗神父的罪恶》和《马亚一家》成为葡萄牙著名的现实主义作家之一。

着手登上特林达迪剧院的台阶,但她一定对杰出作家和城里名妓这对形象非常满意。

　　黑人费尔南达肯定会说这是一个不可否认的事实。

　　她出版了一本自传《一个殖民地女人的回忆》,书中的语言带有种族主义色彩,反映了当时的刻板印象。她在书中署名费尔南达·都瓦尔,这是她的另一张名片,在成名之前,她是冒险家,是妻子、模特、情人,后来又是斗牛士。她自由、坚强、无畏。她是一个放荡的女人,大部分时间都在外交官、部长、艺术家、作家、记者的腿上度过,其他时间她还要忍受她的德国丈夫弗里茨,一个啤酒工业家。安德雷萨会与阿尔马达·内格雷鲁斯[1]讨论《未来主义宣言》,同时也不忘她在上城区沙龙里的姑娘们。有意思的是,她的足迹从来没有远离这个历史悠久的城区,当他们从达喀尔抵达圣保罗街的法兰西酒店后,她与弗里茨在这里定居下来。几十年后,这里成了佛得角移民家庭的家园。

　　弗里茨死后,安德雷萨的世界崩塌了,她被迫寻找生计。她曾为意大利雕塑家当过短暂的模特,她是唐路易斯广场上萨·达邦德拉侯爵脚下抱着孩子的黑人妇女雕像的原型。也就从这时起,她的传说开始了。她的自传详细地讲述了她在逃往塞内加尔期间,在一艘由善于言辞的杰罗

---

[1] 葡萄牙艺术家。

III

尼莫·马丁斯驾驶的双桅帆船上，如何遇到了爱情。她特意列举了她在达喀尔法国裁缝店那里买来的物品：黑色薄纱小帽、胸衣、带花叶图案的丝质裙子、紧袖胸衣、裙子和到大腿中段的蕾丝内裤。

她还描述了一个奇异的世界，里面有自由古巴鸡尾酒、装饰羽毛、非洲鼓，以及来自圣地亚哥内陆村庄身着腰布和草裙的土著人。1912年，当《一个殖民地女人的回忆》出版时，安德雷萨已是一个痛苦的、充满仇恨的53岁妓女，她还起草了一个详尽的名单，列举跟她上过床的男人，从上尉热劳尼姆斯·马尔丁斯、工业家弗里茨开始，接着是由记者、上士、中士、下士、仆人、商人、警卫、编辑、文秘、律师、军校学员等组成的庞大队伍，其中还有一个叫皮西乌提的杂技演员。费尔南达·都瓦尔，也就是安德雷萨，还保留了一小段（致命的）章节，评论他们每个人的性爱表现。在另一章中，她用更富有感情的语言描述佛得角名菜卡出帕[1]和当地衣服的缝制方法，这大概是所有文学作品中最早描述佛得角烹饪和衣服的段落。这让我觉得黑人费尔南达也许可以走上烹饪这条道路，说不定能影响那个时代里斯本夜晚食客们的习惯。读完她的自传后，我认为可能佛得角传统菜肴的做法是她描述其不平凡

---

[1] 佛得角名菜，由豆类、玉米、红薯、猪肉、香肠、鱼类慢炖而成，菜色鲜美。

生活传记中唯一的事实。

/

在我母亲结婚那天，我和一个穿着白鞋、头发上戴着蝴蝶结的小女孩一起爬上阁楼。

我们在黑暗中玩耍，沉浸在怪物和公主的幻想中。

我记得我的手臂环绕在她的肩膀上，心中升起一丝稚嫩的温情、陌生的内心之火，我胆怯地想要更进一步，探索生命的运行机制。昏暗的环境中她的两只大眼睛闪烁着，我忍不住触摸她像茂密森林的鬈发。

想象，回忆还是想象，我也不清楚，这是两个孩子之间短暂的、悸动的沉默。

我指着一条从窗户落在地上的光带。

"他们来了……我们不能发出声音，你听到了吗？"

她牵着我的手，屏住呼吸，回答说：

"是的，是的……"

然后，我仔细观察她完美的嘴部线条，舌尖吐出的话语，仿佛可以食用。

我重返这个纯真之地，而我对她的名字一无所知。我只知道她从圣尼古拉岛来，准备去意大利。一个夏日的午后，我们将宇宙一分为二。不知道是否只有我一个人记得那一天——她的活力和她手里一直带着的那本书。如果我

III

闭上眼睛，还能看到书封面的轮廓和颜色，但我不知道它讲述的是什么故事。

脆弱的记忆线可以从一瞬间跳到另一瞬间。要想让这一天真实存在过，只要我们中有一个人记住它就够了。夜晚是欲望呼吸的时刻。对于孩童时的感情，需要的只是被时间之墙保留的一个午后，以及一点点狂热的想象，来填补她离开后我身边沉甸甸的、深深的空虚。

在我们居住的老楼门上，有一个铁质的敲门器，形状像一个年轻女子的手背，纯粹而又柔软。

/

过了一段时间，我的母亲看到报纸上贴出的一则广告去应聘，是去给阿米莉亚夫人当女佣，她是一个八旬的寡妇，身子沉重，胳膊圆乎乎的，眼睛总是含着泪水。

有一天，我问她是否喝过雨水，她没有回答，一脸疑惑地转身走了，消失在走廊的昏暗中，喃喃地说着我听不懂的话。

光秃秃的树木和若昂·克里斯托莫大道上那栋老式木质轿厢电梯的金属般哀叫声，充斥着我的午后忧伤、缓慢和无尽的荒凉。

在阳台上，我看着远处的人和车如何与建筑物的苍白混合在一起。房间里，电视和广播播音员单调的声音还有阿米莉亚女士给我母亲的指示在墙壁间回荡，让人感觉仿佛身处博物馆的一个房间里。

一个夏天，我们陪着这个资产阶级家庭在里斯本郊区的农场里度过了短暂的假期。我坐在汽车后座的角落，被降临在树上的暮色迷住了，落日像一个巨大的橘子穿透大地。我记得这个神奇的时刻，这也是当时最悲伤的记忆之一，它取代了其他旧的悲伤。但几天后，我的心情明显好转了，在那无尽的炎热夏日，我会一直在乡间散步，在果园里晃荡上几个小时，直到有人来叫我去吃点心。

午后总是让我回想起在圣维森特大港码头船舱里的闷热，面前是一望无际的大海和前往葡萄牙的旅程。我还记得我看着家乡消失在地平线上的那种无以复加的恐惧。我们的世界在天空的蔚蓝和大海的银色浩瀚之间融合。记忆

III

里还混合着阿米莉亚·德梅洛号引擎室发出的持续不断、集中强烈的金属噪声。在那孤独的五天旅程中,我瞥见了加那利群岛[1]的模糊轮廓。航行结束时,我在里斯本阿尔坎塔拉滨海车站的喧嚣中找到了我的母亲。

其实,那是一次奇怪的重逢。我仿佛突然站在一个电影明星面前,看着一张似曾熟悉的脸。

我牵着那个即将成为我父亲的男人的手走下船梯,我望着那个微笑的身影,她穿着米色羊毛裙、棕色条纹外衣套装、棕色高领毛衣和白色鞋子。毫无疑问,她是一个美丽的女人,拥有一排整齐的牙齿和短暂又迷人的微笑。我的喜悦之情溢于言表,这位优雅的女人是我的母亲,这让我怀疑自己是不是第一次见到她。

她走近我,揽着我的肩膀,把我紧贴在她的胸前。然后她打开手提包,拿出一个用餐巾纸包着的米糕。在迷恋和幸福之中,我看到了一个新世界诞生的希望,但母子之间这个特殊的时刻被那个在旅途中陪伴我的身影打断了,他走近她,在她的嘴唇上轻吻了一下。一个难以捉摸的吻,说得再具体一点,就是嘴唇之间的擦拭,介于"碰"和"亲"之间。

童年是诗人最好的土壤,因为对这个世界的不了解是诗歌创作的首要灵感。当时电视上在播放美剧《艾迪的母

---

[1] 非洲西北海域的岛屿群,面积7273平方千米,是西班牙的一个自治区,也是欧盟的领域,人口约209万。

亲》，讲述的是一个和我年龄相仿的男孩母亲去世后父亲再婚的故事。从父亲的眼神中，可以看出他非常期待艾迪喜欢他的后妈。

被母亲领到房间后，我躺在床上，听着我未来的父亲和母亲的笑声从他们的房间里传出来，在屋子里回荡。我想起旅行期间，在阿米莉亚·德梅洛号酒吧的露台上，他和一群朋友们一起，他们给我塞了几枚硬币，让我去掀开在栏杆旁或在吧台聊天的女人们的裙子。

6

萨杜河就像一条沉睡已久的长蛇，等待着第一缕阳光。

在树荫的掩盖下，它怯生生的水流甚至没有到达岸边的第一片芦苇丛，那里只露出黑亮的泥土，黏稠的淤泥。河流在夏季会变得"消瘦"，好像骷髅一样，奄奄一息。

我观察了一会儿，芦苇叶尖上的露珠像神秘的、闪闪发光的斑点。

草丛中出现一只张开爪子的暗红色小龙虾，这是绝望或者自杀般勇气的行为。突然，它化身为一支小部队，穿过马路，消失在对面。它们就像小人国军队的精锐军团一样爬行着。

路上，我回忆起展览中的画面，在葡萄牙，未经洗礼的黑奴比动物还卑微。他们生活在恶劣的条件中，虽然他们给主人带来巨大的利润，但主人还是把他们当作牲口出售。若泽·德瓦斯康塞洛斯[1]收集的脚镣和铁手铐现在已

---

[1] 葡萄牙人类学家、考古学家和作家，也是葡萄牙国家考古博物馆的创始人和第一任馆长。

被收藏在博物馆中，黑奴脖子上戴着的铜项圈上印着"这个黑人属于奥古斯迪诺·奥比多斯""这个奴隶属于贝纳文特居民路易斯·梅洛"，反映出他们曾经完全被视为动物。

根据挂在树上的红白金属牌，我得知我现在所在的位置是狩猎场。

我沿着狭窄的小路，在松树、软木橡树和桉树之间穿过树林。荆棘和野狗就像这片绿色原始国度的卫士一般向我索要通行证。我又看到了灌溉渠，并顺着渠道走了一段路。我通过两道闸门，其中一道上有一个金属轮子和几个叶片，用来控制流量和水的流向。另一个较大的闸门，将灌溉渠与另一个较低的渠道分开。

我从背包里拿出一个三明治，喝了些瓶装水。我站在一个高地上，看着眼前的河水，就像一只金属色的无精打采的动物。四周只听得见树上鸟儿的鸣叫、我自己的脚步声，以及裤子穿过高高的草丛发出的摩擦声。

在一些地区，航道几乎干涸。有的地方还剩下一点水，水底有淤泥，鸟儿在旁边喝水，小鱼儿在水里游动。我选择一条小路，走到离河边更近的地方，旁边的水稻还在等待收割，形成了一片青黄色的草湖。

在靠近阿洛卡农场的地方，我听到山谷的另一边传来收割机的引擎声。几米外，有一辆拖拉机带着拖车，两辆重型机械从远处看就像非洲大草原上的两只哺乳动物。收割机从这头开到那头，没有停歇。刀片切开稻秆，在地上形成圈。每当驾驶员倒车时，都会发出警报声。一群白鹭跟随着收割机，就像拖网渔船上方的海鸥一样，寻找暴露在阳光下的昆虫。拖车靠近拖拉机，将收割机的套筒引到拖车上，然后打开机械装置，开始倾倒刚收割完的稻谷。

圭索谷教堂的钟声悠远厚重，在河边回荡。

我沿着山丘往村子的方向走去，远处的房屋越来越清晰。教堂的塔楼、白色的房屋和红色的屋顶，仿佛悬浮在树木之上，形成了村庄和稻田之间的屏障，地面上覆盖着刚收割完的稻草，一排排鹭鸟点缀在上面。在克鲁杰拉农场的入口处，一群棕色的奶牛用警惕的目光看着我，追随着我在风景中的身影。道路被一道用铁丝围起来的栅栏切断，一分为二。我顺着农场进入村里，来到一个农机仓库前，门口站着两个人在聊天。

他们二人指向工人的房子，说在那里我能找到我要找的人——曼努埃尔·布拉斯科。一道白色的小墙将道路和房屋隔开，房屋坐落在更高的地方，那里有两把古老的铁犁，在我看来像是一台原始的马达驱动农机。它们都保存得非常完好，没有任何生锈的痕迹，仿佛正准备被送往某个地区博物馆。一辆拖拉机从相邻楼房的街道中间驶出，一见我走近，司机便停下车来，关掉发动机。

他是一个70岁上下的男人，中等身高，穿着一件棕色的法兰绒衬衫，袒露出胸脯。当我们握手时，我可以感觉到他手指上的老茧。他对我说他叫曼努埃尔·布拉斯科，然后我向他介绍自己是他圣罗芒小学老师利奥波迪娜女士的朋友。那人盯着我看了一会儿，显然很困惑，也许是想知道我是从哪里来的，于是我又重复了一遍刚才说的话。我们互相看着对方，不知道该如何走出这奇怪的僵局，最后我问他能不能给我一些水喝。

/

我试图从他的脸上找到那个曾经在小房间里哭泣的婴儿的痕迹。1945年，在特里戈·德莫赖斯大坝施工期间，有一天早上，当利奥波迪娜去给她的木匠父亲送午饭时，她看到一个男人乞求工地里的妇女把他的儿子留下来并抚养他。利奥波迪娜告诉我，那个男人显得十分手足无措，后来每次她去给父亲送午饭时，都很想听那些女人和男人说说这个孩子的情况。久而久之，她记住了这个婴儿的姓氏。

这个婴儿的父亲，看上去虚弱不堪，好像随时都会晕倒，他是为了躲避西班牙的战乱来到萨杜河谷。多年以后，当利奥波迪娜已经成为圣罗芒小学的一名教师时，当她在查看即将上一年级的学生名单时，突然心跳加快，因为她看到了这个罕见而神秘的姓氏。男孩的母亲是一位来自巴兰科斯的女孩，若阿金·布拉斯科在葡萄牙避难，躲避佛朗哥军队时遇到了她，但她在生下孩子后不久就去世了,当时布拉斯科已经是修筑大坝工程队里的一员了。

显然,除了布拉斯科,还有几名西班牙逃犯在一名工程师知情的情况下在那里工作,这名工程师从未向葡萄牙政府警察揭发他们。

布拉斯科是一位年轻的诗人,也是一位坚定的共和党人,他来自西班牙边境地区的小镇奥利瓦·德拉弗龙特拉。他的名字曾出现在该镇的一张逮捕名单上,上面还包括工会会员、共产党员、社会党员、共和党员、市长和国家代表,他们将在1936年夏天长枪党制造的恐怖气氛中被枪决。在佛朗哥的军队到达该地区之前,叛军空军就开始轰炸安达卢西亚和埃斯特雷马杜拉区的各个城市,满街都是瓦砾和尸体。

之后的事情是叛军公开地追杀共和党人,恐怖氛围一直蔓延到葡萄牙边境。由成千上万的男女老少组成的难民队伍,大规模地离开城镇和乡村,穿过田野,试图逃到仍由共和派控制的地区。他们成群结队地离开,带上了一切能带走的东西:牛车、山羊、骡子、笼子。就在奥利瓦·德拉弗龙特拉区沦陷之前,若阿金·布拉斯科加入了一个深夜潜逃的队伍。他们走了几个小时,直到天亮的时候,一个骑车人告诉他们,有一队长枪党的人出城了,正在他们附近。他们离开了主路,越过丘陵和山谷,直到看到标志着两国边界的阿迪拉河才停下脚步。

河的另一边,最近的葡萄牙城市就是巴兰科斯。

河流经过覆盖着软木橡树、橄榄树和圣栎树的山间。河两岸仅相隔20多米，包括布拉斯科在内的数百名来自埃斯特雷马杜拉区的西班牙难民正等待过河，他们焦急地等待葡萄牙当局对他们的庇护请求做出答复。而此时，佛朗哥部队正在迅速逼近，准备清除所有的逃犯，这让他们感到非常恐慌。

最后，布拉斯科和大约773名西班牙难民越过了边界，但被迫留在岸边科塔迪尼亚农场内一片长25米的狭长土地上。无论来自什么社会阶层，难民们都坐在地上，饥肠辘辘，依靠巴兰科斯居民的施舍。他们在河里洗漱，用树枝和树叶搭建简易的帐篷，生病和怀孕的妇女由当地医生照顾。

除了科塔迪尼亚难民营中的难民，萨拉查[1]不接受其他任何难民。利奥波迪娜告诉我，多亏了塞夏斯中尉，若阿金·布拉斯科被安排在第二批299名难民中，待在另一个秘密的难民营里。

/

在罗西安纳斯难民营里，难民们靠当地人给的一点食物维持生计。

孩子们为了争夺丢在地上的面包片与野狗打架。在国

---

[1] 葡萄牙政治家，1932年至1968年担任葡萄牙总理。

际社会的压力下,萨拉查决定将难民遣送回共和国政府,塞夏斯利用这个机会,将罗西安纳斯营里的难民和科塔迪尼亚营的难民混在一起。结果西班牙难民远超过登记的数量,这让里斯本政府很恼火。

10月8日,科塔迪尼亚难民营的773名难民登上军用卡车,在莫拉市作停留。由于缺乏足够的卡车来运送来自罗西安纳斯营里的难民,塞夏斯中尉租了两辆公共汽车,他和他的儿子分别开车将难民们送到莫拉市。10月9日,两列载有1020名西班牙难民的火车开往里斯本,加上另外400名流亡者,他们登上尼亚萨号船前往西班牙加泰罗尼亚省的塔拉戈纳市。但布拉斯科没有去里斯本,因为这时他已经爱上了一个有着卷曲头发、闪亮眼睛和褐色皮肤的女孩,他是在她为西班牙妇女收集桉树枝条搭建小屋时认识的。他们在那里住了一段时间,然后搬到费雷拉·杜阿连特茹[1],直到大坝开始修建。而就在这时,她突然生病去世了,留下他一个人抱着刚出生的孩子。

利奥波迪娜遗憾地表示,中尉塞夏斯被萨拉查停职,并且萨拉查亲自签署命令,强制他退休。

曼努埃尔·布拉斯科至今仍清晰地记得他的父亲,包括他的条纹领带、背梳头发,尤其是他身上浓浓的发油味道。他对我说,他由一个来自阿尔卡苏瓦什的家庭抚养

---

[1] 葡萄牙城镇,位于该国南部,由贝雅区管辖,始建于1516年。

长大，那个村庄离萨杜只有几千米远。他的父亲来看过他三四次，其中一次，他们还去了萨尔堡观看斗牛比赛。他们最后一次见面时，他应该10岁上下，那时候他的父亲给他留下了一张照片和一块银色怀表。此后，他就再也没有收到父亲的消息了。他告诉我，他知道修筑大坝的事，但他对战争一无所知，也完全不知道他父亲的经历。

我问他照片现在在哪里。

1991年的洪水淹没了他整个房子，当时他只剩下了身上的衣服。他的眼里有一丝泛红，因为我这个路过的旅行者的好奇心，让他回忆起这个意外所带来的遗憾。

沉默了一会儿后，曼努埃尔·布拉斯科陪我走到主路上，他指着山谷，让我沿着灌溉渠走，可以到达另一边的圣罗芒村。然后他爬上拖拉机，启动发动机，两个大后轮开始慢慢地转动。我背上背包，向相反的方向走去。远处传来了另一台收割机在来回运动中发出的噪声。路边，在已经割完的稻田里，剩下离地一寸的稻茬丛，就像一把把木刷。我走下一个小坡，往远处前进。大地在我的脚下就像床垫一样柔软。

7

国王港宫殿的窗户上早已没有了玻璃。

手法主义风格的简洁墙体,历经岁月后仍然十分坚固。寂静的和谐与被遗弃的建筑,似乎预示着某种旅程的结束。这座古老的河口遗迹竖立在地面上,无花果树和枇杷树像幽灵一样,以顽强的生命力围绕在建筑的后方。旧货仓的入口处,有刻着装饰图案的石拱门,它抵抗住了岁月的毁坏和衰败。

一片坚不可摧的灌木丛吞噬了石码头。

曾经,正对面有一个小岛,被河流环抱,可以经过船只。但现在河口已经淤塞,河道蜿蜒,布满了泥土、灌木、荆棘和芦苇。它不过是时代记忆中的一个注脚。

我们可以从港口建筑的衰败和毫无维护中看到一种由进步附带而来的破坏,在全国各地都是如此。唐卡洛斯一世曾踩在同一片土地上,当地的产品由此被运往塞图巴尔和里斯本。1847年2月12日,连接萨尔堡、塞图巴尔和里斯本的第一条蒸汽轮船线路正式开通,有的轮船能够抵达当时被称为"国王港"的地方。但1853年阿连特茹铁路的修建，让这条线路开始缓慢地画上句号，随着1861年塞图巴尔支线的修建完成，里斯本和其他市场之间的联系更加紧密，萨尔堡的粮仓随即关闭了大门。

佩德罗·佛格罗是利奥波迪娜的曾叔父，他一生都在往返于萨尔堡、塞图巴尔、塞辛布拉和里斯本之间的蒸汽轮船上工作。显然，他娴熟地掌握了在四处漂泊时周旋于众多情人之中的技巧。几十年来，海上的风吹得他摇摇欲坠，但最后总是把他吹到某个干涸的港口或某个女人的怀里。据说他至少有十个孩子，分布在四个港口。然而，他一生都没有结婚，实际上，他早已把船当成了自己的家。

在那个贫困和饥荒的年代，他的职业以及职业所带来的流动性，让他总能找到一张收拾停当的桌子和他人的微笑。据说，女人们惊讶于他的良好风度，许多人怀疑他是否真的是一个司炉工，会不会是什么魔术师。他在四个港口之间的人脉让他成为一个以手段和走私为业的黑社会头目。随着20世纪的到来，他与共和党人结盟，开始参加党内会议，把宣传册和消息从一个城市带到另一个城市。

这位轮船公司受人欢迎的司炉工还是一位大胆的舞者，他经常出现在周围城镇和村庄的沙龙里，特别是在诸神节期间。他经历了外地人从"世纪末"到"美好时代"的过渡，但他本能地拒绝了所有社会地位较高的职位。据利奥波迪娜说，她的混血曾叔父在业余时间也会弹曼陀林,他是个难以琢磨的男人,未曾拥有或去争取拥有什么,但他虔诚地热爱自由。

现在任何关于停泊在国王港船只的想法都是对想象的一种挑战。当我路过这里时,房屋、宫殿和相邻的建筑从历史中升起,像穿着军装拿着步枪随时应对任何可能状况的老战士一样。河流是附近唯一的水系,但从这里看不到它。它在古老城墙后遥远地存在着,似乎起着保留某种秘密的作用。看不见的河流唤起了失落的世界,港口码头的经历如今也早已被野蛮的灌木丛所掩埋,但它在我想象的水手的喊叫和口哨声中鲜活起来。当我为这种缺失和时间的力量而感慨时,一只鹳鸟却因我的出现而恼怒,它沉重且怪异地拍打着翅膀飞到了几米开外,它一定不会记得我们之间的相遇。

国王港是去萨杜河的最后一站,其中有一些黑人奴隶在此被送去稻田劳作。

18世纪末，萨穆埃尔在这里登陆。

但他的目的地并不是稻田。

他的冒险经历因为废奴主义者托梅·德·安德拉德才被人所知。安德拉德是一个出生在巴伊亚州萨尔瓦多市的年轻人，他的父亲是一个葡萄牙富豪，与若泽一世宫廷有密切联系。安德拉德在科英布拉大学法律系毕业后不久就决定留在里斯本。随后，他就以黑人兄弟会的辩护律师而闻名，他也逐渐接到越来越多涉及黑奴与其主人之间的案件。安德拉德多次阻止了向马拉尼昂出售奴隶的行为，避免诸多黑人家庭的分离。

1761年的法律禁止向葡萄牙输入非洲奴隶，并要求释放所有在葡萄牙港口登陆的奴隶。

针对船上的奴隶或陪伴巴西主人前往欧洲旅行的奴隶，黑人兄弟会组织了监察和说明委员会，律师们在里贝拉码头采取行动，以将奴隶们从海关官员的手中释放。

但是，对这一法律的一个臭名昭著的解释导致奴隶主强迫奴隶生育，以贩卖其子女。在黑人兄弟会的请求下，安德拉德公开谴责这种现象，尤其针对阿连特茹和阿尔加维的农村地区，因为在那里更容易逃避当局的管理。安德拉德在宫廷中获得的成功和影响，也引起了其他人深深的敌意。有一次，他被陌生人殴打，被丢在地上甚至差点失去性命。1773年，国王若泽一世签署了1月16日特许状《奴隶子女自由法》（附件4），宣布所有在葡萄牙的奴隶，如果他们的曾祖母、祖母和母亲是奴隶，则将获得自由，并且在特许状颁布日期之后出生的所有奴隶的子女也将获得自由。

强制奴隶生育的现象结束了。

如果萨·达邦德拉侯爵没有在下个世纪发现托梅·德·安德拉德的手稿，安德拉德在葡萄牙反对奴隶制斗争中所发挥的微小作用就会被历史的滚滚风烟所湮没。

/

《老奴隶萨穆埃尔的历险记》是安德拉德笔下记录的一个故事。

萨穆埃尔的故事应该从萨穆埃尔和安德拉德第一次相遇开始，那是在特许状颁发后的不久，即1778年至1784年之间。

这份手稿是安德拉德寄给宫廷成员的法律文本、请愿书和信件的集合，保存在一个箱子里。1773年，萨穆埃尔是来自莱萨·达帕尔梅拉[1]的蒙泰罗·洛巴托船长的一艘渔船上的船员，他本人也属于这个船长。十年前，他娶了来自马托西纽什[2]地区一个布商的奴隶卡埃塔娜，她来自一个在莱萨·达帕尔梅拉生活多年的老奴隶家庭。12岁时，卡埃塔娜被卖给了现在的主人，她对主人产生了很深的感

---

[1] 葡萄牙波尔图区的一个堂区。
[2] 葡萄牙城镇，位于葡萄牙西北部，由波尔图区管辖。

情，尤其是女主人几乎把她当成了自己的亲生女儿。

但当女主人去世后，她的丈夫也逐渐退出了生意，长子路易斯·维埃拉开始掌管家族，卡埃塔娜的处境一夜之间发生了翻天覆地的变化。她与女主人之间的亲密关系使她可以做出在奴隶中被认为十分罕见的行为：答应萨穆埃尔的求婚。卡埃塔娜的生活围绕着家务、市场和布店的仓库。女主人突然去世时，她正好怀孕。路易斯·维埃拉一直看不惯这个奴隶同他家庭之间的关系，包括她的婚姻，现在她的怀孕意味着又多了一张要吃饭的嘴。

后来，萨穆埃尔、卡埃塔娜和他们的儿子萨尔瓦多一起搬到离马托西纽什布料店不远的茅屋里。

布料生意开始变得不景气。

债务一天天地增加，事实证明新老板在经营方面简直就是个灾难。有一天，路易斯·维埃拉把她叫到办公室，他看着房间的一角，告诉卡埃塔娜，他决定卖掉小萨尔瓦多。他刚刚和来自里斯本的商人索萨·卡里略达成了一个价格不错的交易。她的孩子当时9岁，正值好年纪，这是他唯一能想到的能够解决沉重债务的方法。

卡埃塔娜感觉地面在她面前崩塌，她想尽办法劝阻主人路易斯·维埃拉不要卖掉自己的儿子。她承诺做更多的工作，萨穆埃尔也答应在他为数不多的休息时间里在莱萨·达帕尔梅拉、马托西纽什、波尔图及周边地区接最重的活，以帮助偿还债务。她去找镇上的教区牧师，他很早就认识他们，并主持了他们的婚礼，卡埃塔娜跪着求牧师向她的主人求情。最后，她去找老主人，但他早已沉浸在酒精中不再过问家族的生意。

萨尔瓦多在圣诞节后就被新主人带走了。

过了一段时间，有一天刚做完弥撒，马托西纽什的教区牧师把卡埃塔娜拉到一边，跟她说国王刚刚签署了一项释放第四代奴隶的法律，他对卡埃塔娜的母亲和祖母很了解，她们也曾是奴隶，新的法律可以让小萨尔瓦多成为自由人。根据教区的出生记录，卡埃塔娜是莱萨·达帕尔梅拉人，她的母亲是一名安哥拉奴隶的女儿，在里斯本被主人买入。

萨穆埃尔想过逃跑，但在与洛巴托船长交谈并解释了事情的经过后，后者同意卖给他自由。

萨穆埃尔在接下来的五年里一直不停歇地工作，直到他累积到了船长规定的金额。一天晚上，他带着卡埃塔娜为他准备的食物、面包和鱼干，背上行囊离开了。

/

萨穆埃尔走了好几天，穿过山丘、山谷、沼泽、草地和果园。

晚上，他就地休息，靠近树篱或灌木丛以遮蔽风雨，并远离可能会带来麻烦的当地居民。他总是选择小路而不是大路，以躲避抢劫袭击。当他遇到河流或溪流时，在入水前，他会等待足够长的时间以确定周围没有任何人。

在科英布拉，他按照别人的指点，找到一个叫伊纳西奥的黑人老人，据说他是那个城市黑人兄弟会的头目。他在伊纳西奥的家里洗了个澡，去除旅途的疲惫，还吃了两顿热饭，老伊纳西奥告诉他要去里斯本打听索萨·卡里略一家。第二天，萨穆埃尔重新上路，根据信得过的弟兄们的指示，他找到可以过夜或得到帮助的地方。在离开莱里亚的路上，一群土匪看到他用硬币购买食物，于是他不得不逃跑以甩掉这些人。他爬上一棵树，躲到第二天才离开。

有时，他还会遇到其他在田间劳作或在河上当船夫的黑人，他从这些人中了解如何从最近的城市去里斯本和旅途还需要多少天。有时，他会在远处观察，当农民在日落时分离开田地后，他从树间出来，从地里挖出一个西瓜或甜瓜解渴；有时，他会寻找偏僻的果园，在那里毫无顾忌地摘下苹果或橘子。在圣塔伦的码头，他遇到一艘要前往里斯本运送酒桶的船只。他与船长达成交易，以他丰富的船员经验和能够装卸货物的强壮臂膀来换取去里斯本的船费。

离开莱萨·达帕尔梅拉两个月后，萨穆埃尔终于到达里斯本。

他一踏上陆地，就马上去问如何前往格拉萨修道院，他要去那里找一个黑人兄弟会的成员。萨穆埃尔以前从未去过里斯本。除了街道上熙熙攘攘的人群、驮轿和马匹，地震后新建的楼房和广场也给他留下了深刻的印象。他要在修道院找的人身患重病,但在萨穆埃尔跟他讲述完后,他让萨穆埃尔两个星期后再回到这里。在这期间,萨穆埃尔在河边当装卸工,一个月后,他听说索萨·卡里略一家三年前搬到了法鲁,并在那里买了一些土地。

法鲁还在王国境内,只是还要再多走几十里格的路。

萨穆埃尔找到几艘要前往阿尔加维的船只去应聘船员,但都遭到了拒绝。最后,他坐上了一艘要去萨尔堡运货的单桅帆船。

初春,萨穆埃尔来到了托朗镇,接着他再次开始了翻山越岭的长途跋涉。他穿越平原、村庄和河流,一心要兑现对卡埃塔娜的承诺。一路上,他同一群跟随主人的黑奴一起走了几个小时,他们要被派去最近的村庄劳作。他们无不钦佩萨穆埃尔的勇气和决心。

在费雷拉·杜阿连特茹,他赶上当地玫瑰法蒂玛圣母的庆祝活动,其中有不少虔诚的黑人。在圣布拉什·迪阿尔波特尔[1]的复活节,他看到壮丽的游行队伍在街道上穿行,像一条花毯,虔诚的唱诗班和热忱的赞美歌让他内心触动,对他来说,这似乎是通往天堂的完美途径。

这肯定是一个好的预兆。

事实上,萨穆埃尔不难找到索萨·卡里略的农场,它

---

1 葡萄牙城镇,位于该国南部,由法鲁区管辖,始建于1914年6月1日。

位于法鲁城墙以西六七里格的地方。

他上前请求同索萨·卡里略见面,但很快就被告知主人今天去了塔维拉[1],要很晚才能回来。萨穆埃尔在农场附近走了一圈,打听名叫萨尔瓦多的黑人男孩。别人告诉他,那孩子陪着主人出去了,就跟往常一样。

第二天早上,当其他人问他来自哪里时,萨穆埃尔回答说:"我来自自己。"

在农场外等待的时候,萨穆埃尔看到一个男孩牵着马缰绳从马厩里走出来。索萨·卡里略这时出现在门口,神情傲慢。他问萨穆埃尔来此的目的。萨穆埃尔摘下帽子,在说明了自己的身份和来历后,继续说道:"您曾经在马托西纽什买了一名黑人男孩,名叫萨尔瓦多,他是一个名叫卡埃塔娜女奴的儿子。""你想说什么?"索萨·卡里略问道。"他是上帝赐给我和我妻子卡埃塔娜的儿子。根据我们最公正的国王所颁布的法律,他现在是一个自由人了。"

萨穆埃尔看到索萨·卡里略的妻子和农场的其他工人好奇地向他靠近,于是他提高了嗓门,让大家都能听到他的话。

"这是马托西纽什教区牧师签署的信件,他能证明我的话。萨尔瓦多现在是一个自由的人了。"索萨·卡里略环顾四周,在工人和妻子好奇的注视下,走下了门前的两

---

1 葡萄牙城市,位于葡萄牙的南海岸,靠近西班牙。

级台阶。他猜疑地从萨穆埃尔手中接过文件，快速地扫了一下内容，然后把它揉成一团，扔在地上。

"我买下了他，他就是我的，如果你想把他赎回去，就得按照他的价格付给我钱，但我怀疑像你这样的人是否能拿出这笔钱。"

萨尔瓦多一直沉默着，目睹这一切，手里紧紧握着马缰绳。

萨穆埃尔早已料到会如此。所以当索萨·卡里略让萨尔瓦多进屋并关上房门后，他就立刻回到了法鲁。在当地兄弟会的帮助下，他请求会见城里的一个人，据说他是黑人们的朋友。

托梅·德·安德拉德让他走进旅店的房间，借着半打蜡烛的灯光，听他讲完故事。他阅读了萨穆埃尔携带的信件，然后派人给索萨·卡里略送去了一封信函，通知他有两天的时间释放萨尔瓦多，并将其交给他的合法父亲，否则卡里略将面临法院的起诉。

三天后，年轻的萨尔瓦多出现在安德拉德的门口，背上背着一个行囊。

在兄弟会的资助下，萨穆埃尔、萨尔瓦多同安德拉德乘坐同一条船前往里斯本。也就是在这次旅程中，安德拉德记下了萨穆埃尔的故事。

8

帕尔沙那思农场附近的山谷更为宽阔。

灌溉渠贯穿其中，沿着稻田的左岸蜿蜒前进，就像贴在地面上的地铁。这段河水更加有生机和温顺，就像在岸边吃草的牛群一样。远处，一个农民驾驶着拖拉机在耕种，当他看到我的时候，他用疲惫的手势回应我的招呼。这里是洼地中为数不多的还没有收割的地方，黄绿色的水稻像河水一样从山的一边蔓延到另一边。

在穿过山丘的时候，我能够察觉到远处房屋窗后窥视的目光。附近有一个小公园，里面散落着大型农机、割草机、拖拉机和链轮等零件。其中一台新荷兰牌收割机似乎在几周的例行工作后显得十分疲惫，另一辆菲亚特3350拖拉机刚刚结束农活，链轮和轮胎上还沾着稻草和干泥。

刚才的那个农民朝我走过来。

他比较年轻，不超过40岁。在整理好拖拉机后，他招手让我过来。我穿过沟渠上的桥，在简单问候之后，他带我走进一间类似聚会厅的房间，墙壁上镶嵌着瓷砖，里面摆放着粗糙的木质桌椅。墙上还挂着一群身穿迷彩服、肩扛猎枪的猎人照片,他们的腰间还挂着野兔和鸟。

突然间,我今天早上看到的一切都转化为数字。他名叫亨里克,他向我解释过去一公顷水稻需要十个人收割一天,而现在用机器只需一个小时就能完成。

技术与进步,生产与经济。

他指着机器的方向告诉我,每台机器价值35万欧元,不过它们是租来的。如果从早上11点工作到晚上8点,每台机器每天最多能收割100吨水稻。在他向我解释为什么只收右边的稻子后,我才明白他们在田里要转那么多弯的原因,以及为什么地里的沟渠是圆形的。亨里克最近才开始种植水稻,他从事这行的原因是他的妻子就是我们所在农场的主人的女儿。

我向他坦白,我知道水稻是葡萄牙重要的农作物,但我不知道葡萄牙是欧洲最大的大米人均消费国。这个地区大多数的农民和他一样,平均拥有45公顷的土地。除水稻外,有的还种植软木橡树、松树和养殖牲畜。他们大多数是佃农,靠欧盟平均每公顷500欧元的补贴生活。他向我解释说,机器收割后留在地里的稻草要被全部烧掉,因为它没有商业价值。有时他会把它们扎成捆,然后用耙子把留在地上的茬块清除掉。

3月,开始准备播种的土地。农民用电子机械铲土和平整土地。去除秸秆后,对土壤施肥,然后开渠灌田。灌溉的水来自加伊奥河谷大坝，按立方米出售，灌溉40公顷的面积，按分钟计算的话，花费将不低于1.7万欧元。

5月，用拖拉机或飞机进行播种。

如果4月没有大风或不太热，则在6月底晒干田地、除草和喷洒农药。水稻成熟后，要在一定湿度的条件下收割，然后用当地的烘干机烘干。

他说以前，农民们会从全国各地，比如阿尔加维、塞图巴尔、科鲁希来这里种植水稻。他们会在农场一直待到9月。而如今，机器代替了他们所有的工作。

我对自己说，非洲黑奴是最早从事这些工作的人。

一粒简单的大米，跨越了陆地和大洋、民族和文明，养活了无数城市和帝国。

5000年前，中国的炎帝神农氏就教导他的子民，以谷物作为主食，以减少对动物的消耗。

在编撰《神农本草经》之前，人称五谷王的神农氏已经证明了上百种药材的药用价值。这是中国第一部药典著作，是中医学的基础，其中还记载了水稻生产的灌溉技术。不难想象，在史前时代的某个地方，一群女人不经意间丢下一些谷物，碰巧当地没有杂草和动物，然后剩下的工作就由水来完成。

水稻来自亚洲热带国家，它跨越了不同的民族、国家和文明。水稻来到萨杜河谷的时间无人知晓，它是地球上最古老的食物之一，起源于分裂前的泛大陆和冈瓦纳大陆原始田野中的一种稻谷。

我们走在河左岸的土路上。

沿着道路和河流，任由它们把我们带到岸上的某个地方。因为我们知道，无论我们被带到哪里，那个地方在某种形式上都是我们的家，因为旅途不过就是生活。行走是思想之前的运动，是一种可以带来发现、点燃浪漫和唤醒

感情的行为，让我们达到初心的状态。其中最不重要的就是我们所在的地理位置，只有学习才是一路行走中最重要的事。道路隐藏在芦苇丛间，旁边是河流和软木橡树、橡树、松树林。多年来，当地人也走这条路，比如利奥波迪娜的姑姑弗朗西斯卡在嫁给萨尔堡的药剂师后，每次都是走这条路回村里探访亲戚。

对于村里的孩子来说，这是他们身边最亲近的有钱阿姨。就像故事中的人物那样，她每次从城里回来，都会给他们带来糖果和点心。利奥波迪娜记得，弗朗西斯卡喜欢水彩画，她用画笔记录山丘上的低矮房屋和荒原，以及懒散的夏日山谷和鹳鸟的巢穴、河边的灯芯草和芦苇地。她有着天鹅绒般的棕色皮肤，身材高挑，体态匀称；她喜爱大自然，喜欢戴宽大的帽子并穿着五颜六色的衣服，她也因此而闻名。

圣诞节的时候，她经常把精美的布料分发给村里的妇女们，并用香气四溢的纯正咖啡来换取她们的菊苣根粉。她每次到来，都预示着大家可以从日常的繁琐劳作中喘一口气。夏天的时候，她会在河边选一个僻静的地方，在巨大的榉树下，滑入冰凉的河水中，让河水抚摸她的身体。她一直没有孩子，所以有大把的时间，她甚至还将她小时候学会的蜂蜜和橄榄蛋糕的做法教给当地的村民。

利奥波迪娜的叔祖父奥雷利奥·达普雷塔，是他们四个兄弟中最小的一个，在加入葡萄牙军队的那天，他也曾走过这条尘土飞扬的小路。她告诉我,他本来是一个性格开朗、友好的男孩,后来却变得抑郁狂躁,彻底地打破了他自己的生活。他是在他们黑人祖先抵达葡萄牙这么多年来,第一个再次回过非洲的家族成员。

第一次世界大战中,在德军进攻时,奥雷利奥是莫桑比克北部罗武马河南岸尼戈文奴哨所军事分队的一名士兵。他在当地不停惹事的古怪行为引来了亲人们的残忍漠视。他回国后,被诊断为有躁狂抑郁倾向,接着开始在精神病院接受持续数年的治疗。有一天晚上,在圣罗芒村,他趁侄子们睡觉时,双手勒住其中一个侄子的脖子,直到被人用铁锹打晕才松手。一段时间后,他在医院的卫生间里上吊自杀。

在路上,我看到一棵枝繁叶茂的树,那是一棵具有超凡魅力和善意的树,好像它包含了所有关于时间的记忆。

IV

在维太太的阳台上,我能看到沿着卡洛斯一世大道上由丁香花形成的丁香隧道。

当时她大约50岁,而我只有7岁。

她有一双蜜色的眼睛,铜色的皮肤和直发。我还记得,她用掸掉挂在客厅墙上一幅飞机照片的相框上的灰尘来打发时间。有一次,在参加完一个葬礼后,我们来到位于星辰路上她经营的招待所休息室,她给我们端来一些茶和蛋糕,我听到她对我母亲说:"他们都在我家里死去,我已经没有力气处理这些事了。"

她是一个相当强壮且善良的女人,吸气时胸前会发出轻微的咝咝声,她每次都要花一点力气才能从椅子上起来,然后有礼貌地向在场的人致歉。

几年后,她因糖尿病而无法行动。

随着时间的流逝,维太太变成了一个透明、衰老和苦

IV

闷的形象。她和我母亲是20世纪50年代末在萨尔岛[1]机场洗衣房工作时认识的。她们每天与经停的意大利航空公司的机组人员打交道,为他们熨烫制服。她们甚至还学会了几个意大利语单词"*hei, planchare pantalona mia*"(帮我熨一下我长裤),并不厌其烦地重复这几个单词。当她们见面的时候,会经常回忆当时机组里的女人们,她们总是很友好,在酒店门口等着吉普车去圣玛丽亚或者埃斯帕戈斯的游泳池。她们说意大利女人会赤身裸体地在帕尔梅拉海边戏水,那个地方后来被称为意大利人的海滩。戏完水后,她们会躺在沙滩上晒日光浴或在露天酒吧里喝一杯马提尼。

维太太的故事可以追溯到1939年8月的一个早晨,当时意大利的船只第一次出现在佩德拉·卢梅港口,船上载着设备和技术人员。他们在萨尔岛埃斯帕戈斯村的入口处选择了一片喂养山羊的平地,然后在那里开始修建机场,并将它变成了LATI飞机在南美运输配送航线上的中转站。

三个月的时间,岛上的居民见证了一个小型生产城市的诞生。除了跑道,它还拥有两个供飞机使用的金属结构飞机棚、车间、一个无线电台(能够提供从非洲海岸到巴西的空中援助)、气象台、仓库、办公室、一个电子技术中心、一个旅馆和一片住宅,其中还包括一个殖民风格的

---

[1] 萨尔岛(Sal)是佛得角群岛中最平坦的岛屿。

亭子，另外还有酒吧、餐厅、可容纳30张床铺的休息室和医院。通过打井、修建蓄水池和储存上千瓶矿泉水，解决了最初的淡水供应问题（甚至还有富余的淡水来灌溉新鲜的蔬菜）。

维森西娅·布里托刚刚从博阿维斯塔岛[1]来到这里，她是公司雇用的第一批女工之一。她见证了LATI的总经理——年轻的飞行员布鲁诺·墨索里尼的到来。12月23日，人们庆祝第一架意大利洲际航空公司航班的抵达，它为意大利团队的成员带来了物资和信件。

萨沃亚-马炙切蒂Sm.79轰炸机和83号民用机在无线电信标和圣地亚哥岛闪烁的灯光指引下抵达。当天气允许时，飞行员们会在福戈岛宏伟的火山锥旁飞行。法西斯意大利开始了每周一次的双向飞行，包括三条航线：欧洲航线（有三架飞机，罗马—塞维利亚—里斯本—维拉—西斯内罗斯城—萨尔岛，并在此过夜）、大西洋航线（有四架飞机，萨尔岛—伯南布哥）和美洲航线（有三架飞机，伯南布哥—里约热内卢）。

在20世纪30年代，意大利的民航业世界领先。LATI成为第一家使用三引擎飞机保证跨大西洋邮政服务的公司。1940年5月，布鲁诺·墨索里尼开始巡视邮政线路中的中转站，他注意到萨尔岛上的情况。当他准备去巴西的时候，

---

[1] 被许多人称作"沙丘岛"或"奇幻岛"，又因为岛屿四周环绕着许多坐拥美丽自然风光的小岛，它也被称作"千岛"。

IV

收到了一份电报,要求他立即返回罗马。意大利刚刚与法国和英国开战。

从1940年6月起,飞往巴西的邮政航班减少到每月一班。1941年12月,美国加入战争后,LATI取消了对南美的航空服务。萨尔岛机场的所有技术人员都被遣返回意大利。

岛上再次恢复了平静。

基地负责人路易吉·萨尔维留下来照看设备。

当地的老人们还记得,他经常一个人站在阳台上,远眺地平线。

一天早上,这个意大利人注意到了一个美丽害羞的年轻女工在打扫他的办公室。但她几乎不抬头看这个每天早上抽着烟斗在笔记本上胡乱书写的男人。有时,他打开收音机,试图了解欧洲的新闻动态。在读完从里斯本轮船带来的信件后,他会坐上吉普车,去和佩德拉·卢梅港的渔民们交谈。

萨尔维大约40岁,个子很高,皮肤晒得黝黑,头发被风吹得乱糟糟的。所有的故事都源于某天早上,他请维森西娅喝了一杯咖啡。很长一段时间里,都还有人记得在野餐时、黄昏时分,在岛上的荒滩上他们一起喝着香槟。有一天,他告诉她,他要去圣维森特的格兰德港会见最近被葡萄牙当局俘虏的意大利格拉齐亚号轮船上的船员。她从来没有见过圣维森特的嘉年华,他们一起游走在明德洛的街道和咖啡馆里,进出各种酒吧一直狂欢到凌晨。他们还在皇家咖啡馆里跳舞。而此时，战争的风暴正肆虐欧洲。

在得知战争结束的那天下午，路易吉·萨尔维去仓库拿了两瓶基安蒂红酒，往留声机上放上一张唱片，然后在塔兰台拉土风舞的音乐中庆祝这一消息。

1947年，意大利因战败导致机场的特许权协议被撤销，这时他们收到葡萄牙政府收购萨尔机场设施的一份极低报价，而另一选择是拆除基地，将设备由海路运回意大利，但费用巨大。次年1月，萨尔维最后看了一眼机场，踏上了回意大利的航班。很长的一段时间里，每当听到发动机的轰鸣声，维森西娅都会跑到跑道上去看每一架飞机的降落。在索菲娅·罗兰[1]在萨尔岛停留的那一年，维森西娅·布里托嫁给了一名机场的葡萄牙员工，然后他们搬到了里斯本。

/

和几乎所有的大家庭一样，我们无法拒绝城郊低廉的房租。

第一个观察：城市中最古老区域的衰败在其周围的环境中会呈现出截然不同的形态。在郊区，外墙随忧郁的人

---

[1] 意大利国宝级女演员，也是好莱坞著名女演员，第34届奥斯卡影后、奥斯卡终身成就奖、金球奖等众多国际重磅级电影奖项得主，她是影史上首位以外语片《烽火母女泪》获得奥斯卡的意大利籍影后。

IV

们有新的形式和颜色,因为这里总是不断居住着喧嚣的居民,虽然最终的趋势同样是衰败,但这里总会出现新的面孔。如果说老城区因岁月的重压和城市不变的风景(因为出门就是历史遗迹)而显得老态龙钟的话,那么在郊区,尽管周围有足够的空间,但人们的面孔似乎更加冷漠、易怒,并极度渴望拥有灵魂。

在我看来,郊区离市中心的距离是坐一小时不停摇晃的一层老式公交车的路程,从车上的那些居民身上似乎还能看到他们的父母和祖父母从阿连特茹和贝拉斯来到此地的痕迹。

最初,我的悲伤来自衰败、古老、破旧、缓慢,但后来那种持续的不完整感,似乎身上总有什么不足的感觉渐渐消失了,取而代之的是由开阔的空间、荒地、神秘的崎岖小径所引起的一种新的忧郁。孤独的树木和鸟鸣声似乎在焦急地等待着我的到来。

9

忽然，两条狗从河边向我冲来。

肾上腺素的释放让我心跳加速，但我僵在原地，忘记了所有的防御。血液在血管里全速流淌，唤醒了人类祖先对野兽的恐惧。掠夺者变成了猎物。

在河边的灌木丛中，一阵及时的哨声阻止了这两条狗即将向我发起的攻击。牧羊人此时的惊讶并不亚于我，他向我致歉，但我仍然无法抑制心跳的加速。我对自己说，他和这两条狗肯定不习惯在这里看到陌生人。牛群看着我，好像我不过是个奇怪的新鲜事物罢了。我从牧羊人和两条狗身边经过，狗还在朝我狂吠，似乎在等待主人改变主意。我走出几百米后，它们还在好奇地盯着我。

那是一幅田园式的画面：生活中人与动物之间的忠诚、信任和陪伴，与7600年前发现的化石所体现的一样。

也许正是类似这样的一个瞬间启发了荷马，使他更好地理解了人与狗之间的关系。在奥德修斯去特洛伊20年后，只有他的妻子珀涅罗珀、儿子忒勒马科斯和忠心耿耿的老狗阿尔戈斯相信他还会回来。但是，就像很多家庭一样，随着岁月的流逝，阿尔戈斯甚至被仆人们遗忘，最后流落街头。自幼被奥德修斯抚养长大的阿尔戈斯，突然听到来自街另一边的一个声音，它抬起头，认出了主人，他伪装成乞丐回到伊塔卡。奥德修斯正在同欧墨鲁斯交谈，他也认出这位忠实的老朋友。

一瞬间，他们的目光相遇。

许多年前，这条狗曾陪伴奥德修斯捕猎野山羊、野兔和鹿。森林里的动物都没有它跑得快。现在它流浪在街头，又老又病，身上布满了苍蝇，被大家无视。它的力气只够它低下耳朵，微微地摇动尾巴。奥德修斯背着欧墨鲁斯忍不住流下眼泪。阿尔戈斯在20年后再次见到主人后，平静地死去。历史中，有不少伟人与其爱犬的故事，比如亚历山大大帝在11岁时从父亲那里得到了爱犬佩里塔斯（古马其顿语，意为1月）。

后来，当他建立帝国时，被敌人逼到走投无路，据说是英勇的佩里塔斯解救了他。亚历山大被长矛所伤，佩里塔斯扑向敌兵，以阻止他们再次射杀亚历山大，并一直拖延至救兵到来。

但佩里塔斯没能从伤病中活下来。

亚历山大为了纪念它，在印度以"佩里塔斯"命名了一座城市。

在一个公元前560年的花瓶上，仍然能看到亚特兰大和他的狗霍尔门诺斯、梅特蓬、埃格泰斯、科拉克斯、马普萨斯、拉布罗斯和尤波洛斯围攻并撕咬卡利敦的一头巨大野猪的场景。

/

远处，我看到圣罗芒村的房屋，那是利奥波迪娜的出生地，像一个马厩。

通往村子的柏油马路穿过稻田，然后连接萨杜河上的大桥。这里的河水比较湍急，水中生长着睡莲。柱子旁是繁茂的百合花，上面飞着一层半透明的虫子。一个悲凉、废弃的公交车站迎接着陌生人。大部分的房子都只有一层，像阿连特茹的其他地方一样，粉刷后的外墙上有蓝色和黄色的线脚。

一个孩子在小操场上和一条狗在玩耍。旁边的墙上有块由蓝墨水写的广告，写着"出售房屋以及教堂下面的地皮（一共3750平方米）"。一个褐色皮肤的女人从隔壁的房子里出来，向孩子走去，他们两人都抬头观察了我一会儿。在村里唯一的一家咖啡馆外，有两张褪色的红色塑料桌和六把折叠椅。

玻璃上贴着一张纸，上面写着咖啡店已关门。一个女人打开窗户跟我说这个咖啡馆已经不营业了。远处，沿着街道的方向，我看到一个洗衣池，两边各有一个棚子。我走过去，打开水龙头将我的水瓶灌满。在村广场旁，一座房屋墙端的金属脚手架上站着两个女人。这里有许多破败的房屋，有的房屋虽然仍然可以居住，但也都被废弃了。

若泽·德瓦斯康塞洛斯曾在1894年，也就是葡萄牙奴隶制结束20年后来访过这里。在我看来，这个村子似乎与"黑人岛"（这个地区曾经被人熟知的名字）没有什么关系。我花了几分钟的时间走完了两条主要街道，然后坐在咖啡馆外的一张椅子上休息，整个旅程已经花了近10个小时。我也借这个机会记下一些心血来潮的思绪，这些想法和思考的行文可能会形成某种意义，句子之间的空白在某种程度上吸收了洼地中游荡的空虚。假如不加以记录，这段行程就不过是打发时间和沿着被人遗忘的河流行走的一段无意义旅程。写作可以填补空虚，记录可以去除虚无的重量。

圣罗芒村仿佛是一个鬼村。它几乎是荒废的，仿佛是被某个无法解释的理由所遗弃，笼罩着琢磨不透的神秘。

此时，我很难想象出利奥波迪娜向我描述的一切，当时这里有更多的人气，生活着男女老少，还有鲜活的、躁动的青春，有力的臂膀们塑造着这片肥沃的大地。现在却看不到任何人类统治这片土地的活力，也看不到在和谐安宁中奔跑的天真的孩子们。这里只有稀释在空气和风中的荒凉，一种预知死亡的空虚。这个村子里，大多数居民都不知道这个世界是否还有他们的未来。

德瓦斯康塞洛斯于1895年在《葡萄牙考古学家》杂志的第一期上发表了关于萨尔堡黑人的文章。我不禁想象这位人类学家在见到那些拥有漆黑皮肤、鬈发、扁平鼻子并对他微笑的居民时的惊讶。

德瓦斯康塞洛斯称他们为来自非洲的萨杜混血儿，他在1920年的《人种学公报》中再次提到这一话题，他无疑对此很感兴趣，他还在文章中刊登了一张他称之为葡萄牙黑人的照片。在照片里，一个皮肤漆黑的男人，头戴渔夫帽，身穿灰色裤子，嘴里叼着烟斗，对着镜头微笑。德瓦斯康塞洛斯听说有人从照片上就能闻到黑人身上浓浓的气味。

我走近那个女人，告诉她我是利奥波迪娜的朋友。她把两个装满水的水桶放在地上。我可以从她皮肤的颜色、头发、沉默的目光中看到圣罗芒村古老教区的整个历史。

我看到了在这里出生、生活、工作和死亡的黑人们。在我看来，她是村里过去的活证据。最后，她告诉我，她叫埃特尔维娜，她对村里曾经的小学老师利奥波迪娜夫人印象深刻。她还跟我说，和利奥波迪娜一样，几乎所有人都离开了这里，有的去了萨尔堡，有的则去了塞图巴尔和里斯本，现在这里只剩下12名村民。

她重新拿起水桶并保持沉默，我思考如何与她开展关于村庄过去的对话。我只能设法从她身上获取一些零散的信息，关于她日常生活的一点细节。我不知道她是否了解黑奴的历史，或者她根本不想知道。在附近玩耍的男孩是她的孙子，埃特尔维娜是个寡妇，孩子的父母在塞图巴尔工作，孩子由她照顾，显然他没有其他的玩伴。从交谈中，她透露出一种模糊不清的怀旧情绪，她对我的回应更多的是出于礼貌，而没有其他的兴趣。她的回答要么是一扇打开的窗户，要么就是记忆深处的一瞬间。回答之外更多的是悬在空中的沉默时刻。埃特尔维娜不会很快离开村子，至少她那双盯着地面的眼睛是这样告诉我的。她有房子还有后面的果园要照看，她要照顾这个一直陪着她的小男孩，这能省下不少托儿所的费用，毕竟这里的经济并不太好。她还称不上是一个老妇人，但她也早已不再是有着黑亮的眼睛和美丽纯洁面孔的女孩。像萨杜河畔的许多人一样，她也曾拥有动人心弦的人生故事。午后的微风吹动着她的黑裙，她像个幽灵一样在村里的街道上行走。她的身影是对萨杜河谷黑人历史结局苦涩而漠不关心的抗拒。

/

她进屋后,我爬上山坡,去看一眼教堂。

教堂有蓝色的踢脚板和四扇窄而垂直、同样框色的侧窗。钟楼比整个小楼高一点。塔楼和教堂的门上面有一扇十字形的小窗,与其他窗户一样紧闭着。门口附近半米高的植物说明此地的钟声应该很长时间都没曾响起过。

长长的白墙外是一片公墓,公墓的铁门用铁链锁着。它看起来像一个假公墓,里面似乎没有死亡。我透过大门的栏杆往里看,没有瞥见任何花束。如果这里葬有死者,那这些死者则经历了双重抛弃。他们听不到铲车的噪音,也闻不到坟墓上鲜花的香味,更不要说祈祷的旋律了,因为这些在这里根本不存在。其他的活物,比如兔子、老鼠和狐狸,居住在这个被遗弃的长方形地盘上,以体现大自然的公正和谐。这山坡上活着的动物比死者多。

我想要找到奴隶时代留下的坟墓的想法被这扇铁门和这片纯洁、宁静、被遗忘的墓地所打断。6棵雪松仿佛是一支荣誉卫队,增加了这里的废弃感。死者,不管他们的皮肤是什么颜色,似乎都被彻底地遗忘了。从树间传来了一窝鸟儿的叫声。阳光强烈,空气中弥漫着路两旁无花果树的浓郁香气,让这个初夏的午后泛起了一丝幸福的气息。

身边的大自然使我心情愉悦，它呼唤和吸引着我，让我想要去看和触摸。

从这片小高地往远处眺望，可以看到河水、村庄和远处山谷中牛群的美丽景色，这弥补了我的沮丧。

我回到村里，遇到一个肤色如泥土般的老人，她正在外面的晾衣绳上挂衣服。埃弗里热尼亚有着佛得角福戈岛妇女琥珀色的眼睛，但当我问她关于以前居住在村子里的黑奴时，她惊讶地看着我，然后冷静并肯定地回答说，根本就没有什么历史数据，因为这个村子里从来就没有过黑奴，这里的居民一直都是白人。对话戛然而止。我只能露出一副荒唐而又愧疚的表情换个话题，接着她给我讲述了一些琐碎的事情，以及她在成为寡妇前的农村生活。我想象着她身上的混血血统和这个河谷里的黑人过往。

埃弗里热尼亚更愿意向我讲述她童年时期遭遇的不公正对待和社会的压迫，以及给山谷带来巨大变化的土地改革。她用忧郁的眼神向我诉说这一切，尽管她已有80岁高龄，却毫不费力地回忆过去的点滴。她指给我看她出生的房屋，那其实是一堆被灌木丛包围的瓦砾，她的父母和兄弟姐妹也出生在这里。这一间小屋，承载了她和她最亲近的人的绝大部分生活。

从她抖动从晾衣绳上取下的衣服，可以看出她在爱与无聊中忍受生活。她是一个不惧怕死亡，也不会找任何理由哭泣的人，远离不属于当地的烦恼。她告诉我，她有一个一直饱受疾病摧残的邻居,也是她的发小,离开这里后,最后死在里斯本的医院里。

在我看来,她似乎在不断地纠正自己曾被轻视的记忆,而当这一切都不再是必须时,才把自己从卑微和痛苦的命运重压中解脱出来,当遗忘已经笼罩在村庄的藤蔓上时,它很快就会覆盖任何与过去有关的事物。捍卫身份总是要冒着与世界冲突的风险。

V

混血儿身上的种族主义可以是无声的、敏锐的,有意识的和无意识的。

有时,他们会像变色龙一样伪装自己。混血儿是独特和令人好奇的族群,与黑人不同,我们缺少关于混血儿的文献资料。关于他们的思想、苦恼、社会地位的文章更是少之又少。我们不容易遇到像詹姆斯·鲍德温[1]关于混血儿及其模棱两可处境的描写。也许是因为这个问题更为复杂,也更难界定。界定即分类,而分类会产生误解和风险。我们都知道,混血不仅仅是一种现象,也是一种文化。

种族隔离本身就规定了不同人种的规则、习惯和风俗,还有法律和对违反者的惩罚。冰冷的立法者说,在这个问题上没有法律的空白和漏洞。另一边,混血儿的目光时而沉思,时而疏离,时而又是解脱。有的混血儿可能因为支持黑人而将自己置于危险境地。混血儿几乎一直在否认自己的黑

---

[1] 美国黑人作家剧作家和社会活动家。

色人种，这是他们身份危机的第一个反映。他们不得不与这种疑惑和不断的不确定性所造成的自我认知做斗争，而他们在社会上所处的地位与皮肤颜色的深浅直接相关。

由于我们接受了更多的教育，我们得以渗透到葡萄牙的殖民行政机构中，相对于被他们统治的其他非洲人民，我们更能从中获利。但只要回顾过去，就能从贩卖奴隶中获利的最后几位船长的身影中找到我们无法抹去的印记，他们是文明进步的叛徒。

我的青春期是在里斯本度过的，当时我的同学们总向我开种族主义的玩笑，间接地看我在多大程度上视自己为白人。混血儿总是在寻求庇护，通过靠近"白人"的文化和种族为自己搭建一个舒适区。有时为了生存，我们必须承认这一点，但大多数时候，我们几乎是纯粹地否定这个晦涩又陌生的领域。

我的家人们一直都有着不同的肤色。显然，这并不是什么问题。虽然我从来没有听我的母亲像夸赞一个拥有蓝色眼睛的高大白人一样称赞一个高大帅气拥有黑色眼睛的黑人。她的父亲弗朗西斯科是一个有浅色眼睛的白人。

带有偏见的文化使我们在与大陆人民的关系中成为假白人和所谓的殖民者后人。每当岛国本地人代替在大都市享受美好假期的白人长官时，悲哀的情绪就会显露出来。而每当我们在傍晚时分同殖民者一起喝威士忌或者打网球时，在某一瞬间会产生一种我们是自己人的晕眩感。我们作为准白人的社会地位使我们能够参加当地白人的聚会和舞会，在晕眩和兴奋中，我们迷失了方向，称本地人为土著，鄙视那些跟我们流着同样血液的人。

几百年来的隔离造成了这种差距，也加深了我们对那些皮肤比我们更黑、更远离进步文明的"未开化人群"的厌恶和文化上的疏远。我们的船员虽然在环游世界的旅途中与这些人一起生活，但从不认为他们是一类人，尽管他们肤色相同。对老一辈人来说，"高贵黑"这个词是如此重要，它赋予这个形容词的主要作用是把人从其不理想的肤色中解救出来，赋予他们不同的特殊品质。

在我们的生活中，我们多少都会面临像乔·克里斯默斯[1]的苦恼，陷入自己的黑人出身之中，体会威廉·福克纳[2]在《八月之光》中这个混血南方人身上的矛盾。我还记得菲利普·罗斯[3]笔下《人性污点》中的神秘教授科尔曼·希尔科，他是浅肤色的非裔，却一直谎称自己是犹太人，与白人女性约会，以逃避父母和祖父母给他留下的命运污点。

---

1 威廉·福克纳的长篇小说《八月之光》的主人公。乔·克里斯默斯出生在孤儿院，父亲被具有强烈清教主义和种族主义思想的外祖父杀害，母亲也因外祖父的缘故而难产死去。乔长大后在孤儿院工作，因被怀疑有黑人血统被育婴管理员驱逐，被农场主收养后又受尽迫害。在杀害了无视他人格的情人乔安娜后，被凌虐至死。
2 美国小说家、诗人和剧作家，美国文学历史上最具影响力的作家之一。
3 美国小说家、作家，代表作《再见，哥伦布》描述了美国犹太人的生活，并获得美国国家图书奖。

我们皮肤下的旅程

/

我一直存在的疑问是,我是否如学校一些同学所说的那样,其实就是黑人。

同学们这么说也许是因为我家楼里上下走动很多黑皮肤的人,或者是接送我上下学的家人的肤色缘故。

孩子们可以编造出不少邪恶的故事。

我一直都不清楚我们到底属于哪一类。大多数时候,我们离黑人更近,尤其是当我们看到闪亮的里卡多·奇班加[1]在坎普佩克诺斗牛场上取得胜利的时候。曾经佛得角的白人称当地黑人为"Mandrongos"(意为丑陋懒散的人),显然这个词现在早已无人使用。家族中,浅色皮肤的人增加了我的困惑。塔哈叔祖母拥有深色的皮肤和有一个像美国印第安人的鼻子,白色的辫子一直垂到胸前;而玛娜姨妈则是不折不扣的白人,她戴着假发和墨镜,像那些有钱白人女人一样大笑,露出整齐的白牙;然而,何塞叔叔,其实不算是我的叔叔,应该是远房表哥,是个纯正的黑人。

20世纪60年代,在美国杰克逊维尔的一家夜总会门口,我的两位水手叔叔被挡在门外。一开始他们也不明白

---

[1] 比克斗牛士,也是第一位非洲和黑人斗牛士,是20世纪60年代世界上最著名的斗牛士之一,在葡萄牙和西班牙尤为出名。

是怎么回事，因为他们和那些美国顾客一样，穿着西装，打着领带，一周前，他们还在巴拿马城狂欢，并准备在佛罗里达州再举行一个周末派对。"俱乐部只对白人开放。"门卫回答说。

他们没有高加索白人纤细的头发。他们两人又高又瘦，拥有褐色的皮肤、柔软的鼻子和嘴唇，骨头突出的长手。他们习惯戴大金戒指，脖子上挂着银线，每当他们抵达里斯本时，都会高傲且自豪地在庞巴尔下城附近漫步，仿佛他们刚刚买下老城区的房子一样。

/

在20世纪80年代初，发生了一件新闻，更进一步地动摇了我脆弱的身份认同基础。一篇名为《奥迪韦拉什的吃人肉者》的文章，以简单的专栏形式出现，并没有署名，但它在葡萄牙家庭中开始传播恐惧和不信任。这是一个真正考验社会的时刻。

这篇文章发表在1981年3月13日的《报纸》上，一开篇就提到了前一个星期震惊全国的食人惨案。卡尔拉·克里斯蒂娜，一个8岁的女孩，被一个佛得角人袭击和谋杀。

还不止于此，凶手还吞食了她的部分肚子。

据该报报道，这一切都发生在奥迪韦拉什市。一个清晨，女孩出门去买面包和牛奶，30岁的奥古斯托·马丁斯是附近建筑工地上的砖瓦工。他持刀袭击了女孩,向她索要携带的食物。据女孩的父亲弗朗西斯科·费戈列多说,当他的妻子来到门口时,这个佛得角人已经把小女孩吃得七零八落。她的耳朵上有一个伤口,肚子上有两个洞。即使女孩的父母已经抵达现场,但马丁斯仍然没有停手。在他被石头砸中后,他才起身逃跑,手和嘴里还有小卡尔拉的肝脏碎片。在被捕后的路上,他承认他杀死并吃了女孩,他说他很怀念人肉,他还剩下三块肉没吃完。

在新闻的右侧,是一家保险公司的广告,占据了页面的四分之三。广告中,一位母亲抱着一个婴儿,底下有一句广告词:"我的孩子又多了一个朋友,一个安全、可靠的朋友,一个可以陪伴他度过苦难的伙伴。"

几天后,在贝雅流传一个谣言,说那个佛得角人从监狱里逃了出来,有人看到他跟他的兄弟们在一起,组成了一个吃人部落。恐慌甚至蔓延到阿连特茹的小学和幼儿园。而在里斯本,每家每户都早早地把自己的儿女、侄子和孙子关进房间。

同一份报纸上还刊登了两篇长文,从最让人震惊的角度出发,探讨这一不同寻常的新闻——就在街头,在他们居住的城市里发生的食人事件。而为了更好地解释这一现象,报纸还咨询了大学教授和心理学家的意见,分析在这个重视文明礼仪的国家中出现的反常并恐怖的事件。

唐佩德罗也曾咀嚼过杀害其爱人伊内斯的凶手的心

脏，但那是出于一种纯粹而疯狂的爱，即使放在今天也能感动世人。而奥古斯托·马丁斯，这个来自岛国的黑人，却贪婪地生吃活人。

反感与迷惑的混合。

鲜血浸染了文明和礼仪。

事实上，我一直无法理解报纸对这个行为的解释：

（1）"疯狂的行为"是移民对所受屈辱的反应，主要针对老人和儿童这些最弱小和最弱势的人群。

（2）"他希望成为白人、更纯洁的人，得到更多关爱。"根据文章作者所说，这是佛得角移民吞食卡尔拉·克里斯蒂娜肝脏的原因，他的这些期望体现在一个无辜的孩子身上。

他吞食的器官也不是偶然的结果。在他看来，肝脏是比心脏还崇高的器官，它不可替代，他相信一个人的灵魂、力量和品质都聚集于此。

佛得角黑人咀嚼女孩内脏的画面在全国范围内引发了恐慌，也影响了我们移民子女。人们传播"黑人都是坏人"的谣言，只要黑人稍有可疑的行为，就会立即被警方传唤。政府加强了对公共交通的监视，并威胁要对来自佛得角的学生、建筑工人和家庭用人进行大规模的迫害。

我脑海中奥古斯托·马丁斯的模糊形象可能来源于圣地亚哥岛上我所见过的某个土著人，这个形象多年来一直在我脑中挥之不去。对于大多数报纸的读者来说，血淋淋的无辜女孩和在她面前瘫倒的父母,不过是卑微而痛苦的命运中的又一个插曲。而这个悲剧让我意识到某种可怕的事件可能会引发余生的厄运,或者某件反常的事情会打破正常的生活。

10

从洼地的一侧，在鸟儿的沉默和树梢间的风中，我耳边传来了收音机的声音。

一个男人坐在树下的铁椅上，面前是一张临时摆放的桌子。从远处看，他一动不动的身影，在一种神秘的孤独中显得格外突出。树的影子在他周围画了一个宽阔并完美的圆形。在不到两米的距离，经过一条灌溉渠，树叶铺满了附近的地面。旁边，一棵榅桲树的枝条上挂满了果实，地上有一些成熟坠落的果子。一个褐色皮肤、头发卷曲的中年男子，在临时搭建的桌旁，拿着一台老式晶体管收音机听着幽默类的节目。他的动作缓慢、沉重，就像周围的风景一样，庄重但又懒散。

原本的桌面裂成两半，但他并没有去更换，而是在上面放上另一块石板。

"我在看守这条灌溉渠。"他回答说，沉浸在他自己的内心思绪中。他的工作是打开水闸，控制每天灌溉稻田的水量。眼前的这个人控制的流动的水，好似他自己流逝

的生命。他似乎生活在一个与我不同的时代，但他从中感到幸福。

我猜想第二天，他一定会在山谷的另一个地方，拿着收音机坐在树荫下，在宇宙的规律之下，听着灌溉渠里永恒的自然声响。

也许是对我在此逗留的好奇，在树影和叶子间的阳光间隙里,他不时疑惑地抬头看我。我猜想他无法理解我来萨杜河畔的理由,也没有丝毫兴趣去深入了解。他也许会觉得我的追求毫无意义,而我在思考他话语背后的空虚。在我看来,有一些东西被人们遗忘了,灌溉渠中流动的水反射的不仅仅是阳光。人工挖掘出的灌溉渠给平原带来了生机,它的经济效用比老萨杜河的更大。尽管两者都拥有生命力,也养活了深处的无数微小的生物,但灌溉渠里的水并不流入大海,两者的目的地截然不同。近几十年来,灌溉渠的价值在老萨杜河之上。在葡萄牙的众多河流中,萨杜河自南向北最后流入大西洋。

尽管言语不多,但这个男人看起来很快乐,他面容庄严,有强大的内心,并享受这种孤独。

在风的推动下,云朵给刚才太阳照耀的地方罩上了阴影,同时又给山坡上潮湿的森林带来了光明。

有那么一瞬间,我心中涌起一种强烈的渴望,想成为这自然平衡中的一部分,体验这个男人的呼吸。我想坐在他身旁,不提任何问题,让风和水抹去我在天空下、树荫下的脚印,我渴望成为比我现在、比我想象中更平静的那个人。

我凝视着我的影子,一个定格在这片风景中短暂而又微不足道的剪影。我想象这个男人的祖先,他们可能是非洲黑奴。我像一个孤儿一样沿着河岸行走,寻找的不是河水的源头,而是在这里流淌过的生命,疲惫目光中的碎片和关于转瞬即逝的新鲜草地上的回想。没有比河流更适合思考人类身份、历史和现状的地方了，因为它的流动是如此完美，它的颜色是如此变幻莫测。虽然它远非超凡之河，但它超越了普通的风景。河水从加伊奥河谷大坝上流下，树叶、树枝和零星的花朵漂浮在水面上，沿着灌溉渠和支道缓慢且宁静地前进，灌溉着自然和心灵。

/

在远处的树丛中，我看到新国家风格的教学楼，那是利奥波迪娜曾经教书的小学。在周围景色的映衬下，它就像一座在圣洁、朦胧的梦中被遗弃的庙宇。

我思考教育在提升阿连特茹地区的黑奴子孙社会地位中的作用。想要将时间压缩成两拃的长度是一件不可能的事情，也许我应该继续描述眼前的事实，那就是它们早已被土地所吞噬，被风所稀释。

回顾那个遥远的时代，出生与死亡、恐惧与希望仿佛悬浮在同一条地平线上，相互关联依存。我们无法逃避我们头脑中最伟大的创造，我们的想象力所做的最伟大的投资，那就是时间本身。我的问题是人们该如何在辛勤劳动和被奴役的生活中寻找到意义和看到希望。

也许我能在上游5千米处的磨坊河村找到更多答案和黑奴存在过的痕迹。我穿过狩猎场的数道栅栏门，在下午泛红的天空下，在花草的绿与紫中，试着去理解当一个人身体仍然露在水外，是如何潜入自由之河的。我想知道，漫长的被奴役之夜对被解放的一代人有什么影响，他们与今天的男女又有什么不同。尤其是在进行了那场漫长的社会变革后，他们是彻底地生活在阳光下，还是灿烂的天空中仍残留着几朵灰云，最后，在他们的思想中，留下什么，又消失了什么。

拖着午后的云彩，我在山与河之间前行，像身处在两个世界之间。每一步和每一次呼吸，都会引起我一系列新的疑问，让我更进一步陷入历史之中，比如佩德罗·佛格罗和奥雷利奥·达普雷塔怎么看待他们的祖先，以及他们如何处理他们皮肤上黑人的印记。

这些获得自由的黑奴后人们选择盖上历史的面纱，忘记父母和祖父母的苦难。承载着生命的河水一直流动着，草场上开满了鲜花，山坡上笼罩着祥和的气氛。他们肯定在河水中发现了某种生命的力量，所以在岸边建起简陋的房屋，好似接一碗水来安抚内心的沙漠。

利奥波迪娜口中的描述和风俗，与非洲的海洋、山川和森林似乎没有任何联系。祖先的大陆仿佛从他们的记忆中被抹得一干二净，非洲不再是一种信仰，周围的一切都被重建：语言、生活方式、身体和土地。我们如何能在不背叛祖先的情况下，从被奴役中获得新的身份？镣铐和金属圈之后的这种和谐是什么？萨杜的哪些河流和森林帮助人们替换记忆或者背弃精神？是一个什么样的新生灵魂能快速地抛弃祖先的世界，进入一个绝对的现代世界？

在通往新个体的道路上，这个面纱盖住了所有不想被提及的事情。

新的世界必须与新的地图相符合。要理解当地人对被奴役的接受和宿命的观念，就必须追溯到基督教的实践以及它在良知中的根基，分析这一切是如何与十字架上的耶稣联系在一起的。基督教曾教导人们应该接受自己卑微的条件，所以奴隶没有为更好的生活而奋斗，因为他们相信这是上帝的旨意，而随着时间的推移，同样的宗教给了黑人力量，让他们通过信仰与困难做斗争。教会必须适应新的世界，否则将失去信徒。

而这些关于身份和现实的思考，让我想到了唐玛丽亚一世女王的西里亚克和七个矮人奴隶的形象，他们注定短暂的命运和被物化的灵魂，他们受到的排斥和在希望中湮灭的生命。因为畸形，他们被视为傻子和嘲笑的对象，在他们表演的空隙，应该也会悲伤地思念他们的故乡。

不知道他们中谁活得更久，身患白癜风，光着身子，以白斑为衣的西里亚克？他异样的形象一定会引起他人的好奇，进一步增加他鬼怪般的名声。

从衣服和鞋子上看，其他人应该是基督徒，他们为宫廷和城里的市民们表演戏剧和民间舞蹈。他们奇异的身形，引起了人们的好奇心，活跃了宫廷聚会的气氛。我想象他们与唐洛萨之间的争执，唐洛萨是何塞·康拉多·罗萨的画作《化装舞会》中的新娘，她的表情充满了神圣的敬意，她也是女王的最爱，而从其他人的身体动作可以看出：有扮演来自安哥拉和莫桑比克的音乐家，化身为丘比

特的印度人马塞利诺，寻找失去的高贵和尊严的来自巴西森林的土著。

沿着萨杜河谷，我回到荒原，得出了一个结论：一个脚上戴着镣铐的人并不一定代表他被奴役的状态。他可能是仆人，住在小屋里，与主人共享耕种的成果，在明亮的林中空地上，在软木橡树间，黑人陪同主人前行，帮助主人抵御从河岸上发起的猛烈并具有破坏性的袭击。基本上，黑奴享受的舒适生活以其像犬般的忠诚和承诺为基础，他们自然也没有任何反抗的迹象。

历史就像一列火车，它的车厢里装满了数十年甚至数百年前的事件，而我们生活在一个含糊而荒诞的当代。过去没有消逝，而是向我们走近，像多米诺骨牌游戏一样，把时间分成一个个单位。奴隶和奴隶主，商品和主人，都坐在这辆沉重的车上，不清楚自己将走向何方。我渴望找到他们在世界上留下的痕迹，让时间的铰链将一切都放在同一个水平面上。对历史事实的不断追寻是与这个被称为当代的巨大磁力的对抗。

在知识的世界里，历史的殿堂中已挤满了论文，它们几乎占据了所有的可耕耘的土地，我觉得自己就像一个年轻的抒情诗人，被匆匆招来，将萨杜河旁村庄里的最后12个村民的故事记录下来。我记下埃特尔维娜、埃弗里热尼亚和灌溉渠看守的姿态，目光中的忧郁和坚定，他们生存过的痕迹和内心的道德抵抗。

除了一样的天空和树木的清新绿色，即使只有50千米，也是一段很长的路。

/

当我到达磨坊河村的时候，太阳开始下山了。

一家阿连特茹咖啡餐厅酒吧的墙壁上挂着木质浮雕装饰，浮雕上的牧羊人身穿羊毛衣服，戴着黑色毡帽。在橙色的天空下，收割机背着夕阳在割草，远处的地平线上，房屋点缀着山丘。

我把背包放在一张椅子上，然后坐在另一张椅子上，点了一杯冰啤酒。我看了看桌上的两本日记，借机整理好笔记。

餐厅就在隔壁。咖啡馆的老板是一对年轻夫妇，我问他们是否有房间可以住两到三晚，并顺便向他们要菜单。男老板听完后出去打了几个电话，老板娘告诉我还有中午剩下的炖羊肉。有那么一瞬间，我觉得自己像一个穿越了一片尘土飞扬的沙漠和仙人掌来到此地的旧西部骑士。不过我身边没有钢琴或扑克桌，只有电视里播放着的葡萄牙电视剧，还有手拿啤酒瓶的孤独的阿连特茹人。

晚上快8点的时候，咖啡馆老板奥古斯托走进餐厅告诉我，有位女士要带我去看晚上住宿的房间。我们徒步穿越被暮色包裹的寂静村庄。这是一栋单层楼房，有一扇铁门，位于村子的一条中心街道上。我的房间是其中最小的一间，不过我可以随意使用房子里的卫生间、客厅和厨房。

我彻底洗了个热水澡，然后躺在床上。房间简单得不能再简单。巨大的灰色电视好像已经坏了。尽头是一个空的书柜。其余的家具就是一张木桌和两把椅子。床头柜旁窄窄的窗户正对着街道，床头放着一盏地球仪形状的台灯。

我按下按钮，地球仪立刻亮了起来。大陆和国家分别是红色和绿色的，而海洋则是焦黄色的。"会发光的历史地球仪"印在东太平洋海岭下的螺形支架内。在地球仪上，我首先看到在新西兰左边的詹姆斯·库克（1728—1779）[1]，一条连续的线标志着他横跨太平洋的航行；右边是费南多·麦哲伦（1480—1521），直视着马克萨斯群岛旁的土阿莫土群岛，一条穿越了南赤道洋流的线标志着他的历史性航行线路。我把地球仪再往右转一点，在墨西哥旁边，我看到了一个人物，他的额头让我想起了来自塞图巴尔的诗人薄卡热，但根据图画下的说明，他是亚历山大·冯·洪堡（1769—1859），德国自然主义旅行家，曾到过南美洲的奥里诺科河。在另一个螺形支架内，有一幅人口中心图，一个以千米为单位和另一个以海里为单位的刻度。右边，头戴帽子的克里斯托弗·哥伦布（1451—

---

[1] 人称库克船长，英国皇家海军军官、航海家、探险家、制图师，他曾经三度奉命出海前往太平洋，带领船员成为首批登陆澳大利亚东岸和夏威夷群岛的欧洲人，也创下首次有欧洲船只环绕新西兰航行的纪录。

1506）形象出现在马尾藻海上。继续翻转地球仪，我又在巴西和安哥拉之间看到了詹姆斯·库克。瓦斯科·达·伽马（1469—1524）在去好望角的船上，但离目的地还有许多海里，接着是印度洋上的伽马，他离开阿拉伯海的索科特拉岛，随着季风洋流前往印度。地球仪内部的灯管照亮了各国，就像一个彩色的满月，可以清楚地看到所有的说明，包括1980年左右关于地球上的洋流、热带、盆地、逆流的详细信息。

地球仪上还有1979年7月11日"天空实验室"卫星坠落时的轨迹，苏维埃社会主义共和国联盟、南北也门共和国、与埃塞俄比亚和红海接壤的厄立特里亚、铁托领导下的南斯拉夫。在最后一个螺形支架内，印着地球仪的版权属于1980斯恩地球仪有限公司，在丹麦制造，地图由卡尔·哈林绘制和吉塞金印刷。

/

阿纳尼亚斯·格罗索开始写诗的日子不长，他通过写诗来记录女人、鹳鸟和绿色的洼地，以丰富自己的生活。

我去他住的养老院看望他。我坐在探视室里等待，直到看到他在女佣的搀扶下走过来，仿佛穿过一道光幕，背上沐浴着晨光。他的肩膀微微弯曲，像立刻认出了老朋友一样向我伸出一只手。他的双手是土赭色的，像树根一样细长弯曲，布满了生命的沧桑。他是一个充满生命力和战斗力的老人，姿态里没有任何生命从身上渐渐消逝的忧郁感。他身穿蓝色外套，里面是黑色衬衫和同色长裤，头戴黑色帽子，有一双大耳朵和一个高挺的鼻子。在他的灰色瞳孔外有一圈蓝色的环，与眼白形成鲜明的对比。

他首先向我表示歉意，说他现在有点虚弱，因为在94岁生日前夕，他的心脏病突然发作。我敬佩他对自己的生理衰退的不屑。阿纳尼亚斯·格罗索凝视着我，他似乎戴着印第安酋长的宽大羽毛头饰，而我则戴着年轻人类学家的简单金属边框眼镜。然后他向女佣做了个他没事的手势，表示他现在不需要陪护。

女佣一离开，他就恢复了一脸逻辑清晰的表情，问我是不是想知道关于村子的事情。甚至在我回答之前，他就开始讲起村名的由来,"山谷里有五个磨坊,山涧里常年流淌着河水"。

它们是由几千米外掌握磨坊使用方法的阿尔维托人建造的。一天,他们看到这里的良好地理条件,于是说服了业主在此建造磨坊。阿纳尼亚斯·格罗索向我描述了整个过程:他们在土地上寻找一个制高点,建造拦河坝来蓄水,然后在山谷中,在村子的出口处,每隔500米建造一个磨坊。

"现在在一片荆棘丛中,还剩下两块老磨石和一些石头。"

阿纳尼亚斯并不是在这里出生的,他出生在圣罗芒村,正如他向我说的那样,在1930年之前这里与圣罗芒村属于一个教区。一段时间里,在磨坊河村和圣罗芒村之间,有很多居民生活在周围的山坡上。如今,这些村庄早已空无一人,对阿纳尼亚斯来说,这是天意,就像存在及其意义一样。

老阿纳尼亚斯是我们希望成为的那种老人:长寿、勇敢,拥有纯粹的生命力,能像猛禽般地俯视生活,却又不失谦逊,而他的笑声又像山谷中的麻雀一样动听。他热爱何塞·雷吉奥的诗篇,近年来他主要思考事物的道德和精神层面。他现在大部分时间都住在养老院,不过这并不重要,因为他仍有旺盛的生命力。看着笼罩在他身上的自信光环,我觉得他身上混合着平静和对不朽的信仰。他说,现在的生活不过是应该和拥有之间的问题,然后他向我诉说生命对他是多么慷慨,而他的个人需求是多么质朴。

我问阿纳尼亚斯对这个地区的黑人了解多少，他没有作答。

他告诉我，有一天，他骑着一头驴，他的表弟骑着一匹骡子，他们遇到了拥有当地绝大数土地的地主罗萨·杜拉多。他们二人给他行了一个大礼，杜拉多很满意，问他们要去哪里，然后雇他们在磨坊河村建了一所学校。15岁时，他去了一家他叔叔开的公司，但马上他就厌倦了工作，谈了一个女朋友。接着他在1939年参军，在埃武拉的骑兵5队，当时他"欺骗"了一个女孩的感情，他曾想过逃离部队，不过后来放弃了。西班牙战争期间，人们买来报纸让他读给他们听。

他向我承认，他从没有主动地为自己工作过。

"我当过稻田里的监工，这里土地很肥沃，你在上面撒一把卡罗来纳水稻的种子，它就会在90或110天内产出很多大米。"阿纳尼亚斯继续说，"今天这片稻田所在的地方，最初只长着一些芦苇。杜拉多地主从新皮尼亚尔雇人过来，还有从维塞乌和阿威罗来的加利西亚人，他们带着锄头，吃着玉米面包，挖出芦苇。鱼始终是当地人的主菜，因为河里有各种各样的鱼。"

我再次问他是否认识任何黑奴的后裔。

他停顿的一下让我觉得他是在故意回避这个问题。

"他们在田里犁地，在一些小块的土地上种植水稻，不是现在河谷里的平坦地区。他们会在3月的第一个星期五播种，挖地浇水，会来很多外地人，比如阿尔加维人。他们快速除掉杂草，隔两三英尺种上水稻。人们把鞋子挂在墙上，然后走进田中，他们都是赤脚走路。农药毒死了鱼和蜜蜂，让人惊讶的是虽然它会毒死杂草，但不影响水稻的生长，这是一件神奇的事情。小麦和软木橡树皮被成对地装上四匹牲畜拉的车子，顺着河谷运往国王港。"

最后，阿纳尼亚斯看了我一会儿，似乎用一种隐晦而讽刺的眼神告诉我每个人都以自己的方式书写该地区黑人的历史。

"我听说以前这个地区有很多蚊子，经常发生疟疾。我自己也得过慢性疟疾。奎宁使人肤色变黄。有一次我在里斯本的圣玛塔学校医院做胃部手术，一位医生过来问我为什么皮肤发黄，然后他告诉我，这是我们当地人服用的奎宁所导致的。

"据说塔沃拉人命令非洲人在国王港上岸，然后留在周围的农场耕种土地。因为当地生活着白人，他们一起生活，互相通婚。在圣马梅德有很多这样的例子，那是一个几乎与世隔绝的地方，黑人同当地的女人结婚，留下了他们的血统。他们是真正的黑人，从他们的嘴唇、语言和头发就能判断出来。今天仍能从嘴唇看出他们的后代。巴卡尔豪斯就是一个黑人家族，来自圣罗芒的贝昂家族也是。我有一个侄子是深色皮肤，他的父亲在罗萨·杜拉多的西马庄园干活，他们都是黑人，是真正的黑人种族。他们的皮肤和他们黑色的头发是一个颜色。"

"但这些人与我们没有任何关系。"

阿纳尼亚斯·格罗索沉默了一会儿,仿佛在证实我对这样一个特殊话题的兴趣是出于平淡乏味的真实生活。

"以前的人说,这些黑人来到这里是为了教我们如何种植水稻,但如果他们是野蛮人,他们怎么可能教我们?他们被送去犁地,其中最糟糕的是当一船的黑人到来时,农场主会强制把他们的家庭拆散。他们说现在的世界更发达了,但我不相信。过去存在的如今照样存在,就像奴隶制一样,只是今天的形式不一样而已。从贝雅来的路是用石头铺成的,那是压迫黑人所修建的,现在在庄园里还能看到一段。"

阿纳尼亚斯从裤兜里拿出一块白手帕。

成为鳏夫后,他在诗句中找到了新的伴侣,并开始思考生命、死亡和命运的奥秘。他做了一个粗略的统计,他大约已经写了650首诗,分散于家中的几十个笔记本里。

快到午餐时间,我看到有女佣从门缝中探出头来,于是我起身告别。

"你想不想见一位黑人老妇人?过来,离开之前先认识一下路易撒·巴朗吧。"

我跟着他走过走廊,经过养老院的客厅,他敲了敲门,然后我们走进房间。一个深色皮肤、脸上布满硬币大小斑点的老妇人坐在床上。96岁的她是村里最年长的妇女，她用无声、恳求的眼神看着我们。阿纳尼亚斯走近她，安慰她并在她耳边说话。她悲伤、困惑地看着我，但突然间，脸上露出了笑容，仿佛在我身上看到了什么启示。她艰难地做了一个动作，指向一把椅子。她的故事一定非常有意思和令人感动。我试着与她交谈，尽管她很友好，也很善意，但她的耳聋是我们交流间一个无法克服的障碍，她不再能听到现实世界的声音。许多尚待讲述的无名故事在过去的碎片和世界的纷乱多变中被抹去。从我能捕捉到的零星信息中，我了解到她和她的兄弟们几乎一生都在西马庄园和萨雷马农场工作。她还告诉我，农民们如何从佩贡斯、贝纳文蒂和阿尔加维赶来，在圣若昂月为水稻除草。最后我们在坦诚和仁慈的微笑中结束了交谈。

在难以听清的低语中，我们相互告别。

当我们走到门口时，阿纳尼亚斯提醒我说像路易撒·巴朗和她兄弟们这样的黑人使用的是不同的语言和词汇。

我走到大街上，心中有一个模糊的计划，即编纂一本黑人后裔的语言词汇，记录他们的姿态、肤色、发音、日常使用的俚语和表达，若泽·德瓦斯康塞洛斯肯定会为这个想法感到高兴。我应该如何回忆这个从门内向我挥手的虚弱而又敏锐的老人，一个自称是其人民文化的守护者的，偶然的历史学家和尖刻的批评家。他跟随孔迪镇诗人的脚步，跳出自身村庄的渺小，用幽默的诗句和趣闻重新定义理性和世界历史。

VI

在写下《白鲸记》之前,赫尔曼·梅尔维尔[1]曾与佛得角水手一起在全球的海洋上航行。

在《白鲸记》作者的讽刺短篇小说中,将佛得角人,尤其是来自福戈岛的人称为葡萄牙人。这很可能是美国所有出版物中最早提到佛得角人的书籍之一。书中,梅尔维尔讲述了其他水手对这些被认为是低等人群的偏见和蔑视。他还描述了福戈火山喷出的火山灰和小岛上的食物匮乏,并说鱼是当地人最后的可用资源。

第一次读他的小说时,我并不清楚这位美国作家描述佛得角人的真正动机是什么,是同情、声援、怜悯,还是仅仅是对这些岛国水手的轻视?

在梅尔维尔的笔下,佛得角人相当矮小,但很勇敢,在某些时刻工作能力很强。他还说佛得角人缺乏想象力,胃口很好,虽然眼球大,但视力差,如果与他们的肚子

---

1 美国小说家、散文家和诗人,也担任过水手、教师,最著名的作品是《白鲸记》。

相比，他们的嘴巴算是非常地大。佛得角人头很圆，脖子短，在他看来这代表脑子里拥有智慧，此外他们的牙齿坚固、耐用，呈长方形，但发黄。梅尔维尔继续写道，与黑人一样，佛得角人身上也散发着一种奇怪的气味，但又与黑人的有所不同。

作者不认为佛得角人是黑人，这一点既令人费解也令人好奇。他说，佛得角人的混血身份使他们身处社会边缘，只能为其他人服务。当他提到佛得角人是"沉默的忧郁，生在死亡土壤中"的人民时，语气中带着一丝讨好。19世纪40年代，当美国捕鲸船船主开始在福戈岛上为船员寻找人手时，岛民们开始渐渐接触到这类船只。一个不可否认的事实是，在作者写这部小说的时候，也就是1856年，几乎所有美国捕鲸船上都能看到福戈岛人的身影。

事实上，造成这种现象的原因很现实，那就是佛得角人不要求任何工资，所以他们更受欢迎。他们工作只是为了换取饼干，此外还能忍受不少拳头和耳光。许多船长说佛得角人在身体和智力上都优于美国水手。美国水手在得不到体面的待遇时，就会制造麻烦。

然而，梅尔维尔也警告说，海上航行如果只用没有经验的佛得角船员则是非常不明智的，因为他们不太会用脚，只会笨拙地用手爬上索具。不少佛得角新手船员会在第一个黑暗的暴风雨之夜落水。尽管这样，只需要在他们面前摇一摇饼干罐，他们就会随时准备好登船。

要真正了解佛得角人，就必须研究观察他们。就像作者说的，佛得角人和马，在任何情况下都不能通过单纯的直觉来判断。因此，船长在选人的时候，会站在大约三步远的地方，从上到下打量佛得角人，以观察他们的身材、头的形状、耳朵的大小、关节、腿和胸。另外，不能相信同伴推荐的佛得角人。新贝德福德的一位船长曾带了一个佛得角人上船，在第一次航行中，当佛得角人把裤子拉到小腿上时，大家发现他整条腿上都得了象皮病。因为大洋上漫长的捕鲸行动没有机会登岸，这位佛得角水手带着象皮病在海上航行了整整三年。

梅尔维尔的讽刺文章得到了伪装成人种学的科学种族主义的巨大反响，当时这种种族主义在欧洲和美国的学校里十分盛行。

事实上，在美国的佛得角人，不管是白人、混血人还是黑人，从来都不接受将自己与美国黑人混为一谈，这也是来自岛国混血人群的主要担心。无论他们身处哪里，无论他们多么想隐藏自己的身份，但矛盾和复杂的身份会一直伴随着他们，直到今天。

/

"我不是有色人种。我是白种人。我出生在葡萄牙。"

VI

"甜蜜的"格雷斯老爹（真名卡洛斯·马赛利诺·达格拉萨）也拒绝与非裔美国人混淆。

"这些报纸称我是黑人。我不是黑人，另外，这个国家的黑人没有能力做我正在做的事情。"

在格雷斯1919年创立的教会"全民祈祷联合之家"，大多数信徒都是非裔美国人，然而格雷斯老爹却从来没有认同过他们。

1934年，在一次审判听证会上，当被问及他是否认为自己是黑人时，格雷斯回答说："我认为自己只是个人类。"

对于一个福音派的牧师来说，永远都要远离种族问题。与我在杰克逊维尔的叔叔们不同，格雷斯声称自己从未因为肤色而被《吉姆·克劳法》[1]要求隔离。他说他受到白人和黑人的爱戴。与我的外祖父弗朗西斯科一样，这位牧师也认为自己是葡萄牙人。也许是按照他的家乡布拉瓦岛[2]的古老分类来推断，他始终坚信自己是白人。

褐色的皮肤，长到肩膀的头发，经梳子打理过的小胡子，披着的蓝色天鹅绒斗篷，涂上绿色、红色和蓝色的5厘米长指甲，构成了他张扬的形象。他在公开场合有着非同寻常的激情。"如果摩西回来，"他指着自己的胸口说，

---

1 泛指1876年至1965年间美国南部各州以及边境各州对有色人种（主要针对非洲裔美国人，但同时也包含其他族群）实行种族隔离制度的法律。
2 佛得角的岛屿，面积67平方千米。

"他将跟随这个人。"或者"如果你得罪了上帝,我可以赦免你;但如果你得罪了我,连上帝都不能拯救你!"

我有时会把他不平凡的一生与我在美国的外叔祖父大卫混淆。在家庭聚会上,我的母亲经常跟我讲述移民亲戚的故事。我的外祖父弗朗西斯科和他的兄弟大卫在美国的冒险经历,以及他1918年在圣维森特拍摄的照片激发了我的想象力。照片中,我们看到一个短发、浅色眼睛、小鼻子和薄嘴唇的年轻人,他在1907年17岁时作为摄像师登上了一艘三桅船。在海上航行了一段时间后,他们二人手拿着行李来到了美国新贝德福德,他们的姨妈玛丽亚·卡多索的家。

VI

弗朗西斯科曾是一名电焊工、机器操作员，最后成为新英格兰捕鲸船上的鱼叉手。大卫则是一名冒险家，没有具体的职业。有人说他在马萨诸塞州、罗得岛州和康涅狄格州各地以赌博、赛马、拳击和彩票为生。在新贝德福德和楠塔基特的码头以及普罗维登斯的福克斯角附近的酒吧里，有人说他与一群来自普罗文斯敦的葡萄牙走私犯混在一起，领头的是一个叫曼尼·佐拉的船长。晚上，他和他的兄弟弗朗西斯科以及来自圣尼古拉岛的朋友杰克·巴雷托一起，在阿库什内特大街一个车库上面的意大利俱乐部里练习拳击。大卫成了酒吧里的斗殴之王。他经常在寒冷的夜里睡在新贝德福德警察局里，等待弗朗西斯科和杰克的保释。然后他去了加利福尼亚。他没有赚到钱，后来成为黑手党成员、流氓和混世之人。

弗朗西斯科更加理智。他热爱圣尼古拉岛，每两年都会回到那里，在他的三个孩子出生后，他把房子粉刷一新，并在可贝斯利诺和莫罗·布拉斯之间买了块田地。在新贝德福德的港口，他把床、桌子、桃花心木椅子和精美的水晶盒装上船。20世纪20年代末，他带来了圣尼古拉岛的第一台留声机，他把留声机装在客厅里，位于泰坦尼克号和卢西塔尼亚号的图片之间。据我母亲说，他回来结婚那次，轮船横渡大西洋时，人们听到一个像木头的东西在水下敲打欧内斯特纳号的船体，这非常危险，它可能会损坏方向舵使他们偏航。舱内有12箱陶器和家具。当弗朗西斯科看到船员和乘客中没有一个人愿意去看看到底发生了什么时，他脱下上衣，在腰间系上绳子，跳入海中，并在两分钟内解决了这个问题。但当他回到船舱坐下后，像个男孩一样哭泣了很久。

他以前经常从蓬巴什骑马到里韦拉·布拉瓦镇。在雨季，他穿着橡胶鞋，披着黑色的防水布，微笑地站在雨中，引来妻子和孩子们的好奇心。一天下午，49岁的他从骡子上摔了下来，失去了语言能力。几小时后，他就死了。他的兄弟大卫得知消息后立刻伪造了文件，向美国银行提出自己是他的唯一继承人，然后得到了他在美国的所有积蓄。

大卫是个臃肿的男人，一双小手上长着肥胖的手指。我母亲仍然记得看到他骑着一头骡子，戴着宽边帽，穿着闪亮的鞋套，在卡雷江的路上走来走去。大卫是在与同样来自布拉瓦岛的隆巴家族的一个女孩结婚时认识的马赛利诺。他经常去马赛利诺的家里，给他的两个孩子艾琳和诺曼带去糖果。有几年时间，他都没有马赛利诺的消息。有一天，当他走在新贝德福德市中心时，他看到街对面的一个大厅里聚集着一群美国黑人，像是参加一种圣餐聚会，放着管弦乐的背景音乐。在大厅尽头，一个人正站立着讲话，下面坐着的听众听得非常认真。这个声音听起来很熟悉。当他走近时，他发现讲话的正是来自布拉瓦的马赛利诺，他现在被称为格雷斯。马赛利诺给了他一个大大的微笑。

/

当弗朗西斯科和大卫在20世纪初到达美国时，卡洛斯·马赛利诺·达格拉萨已经在新贝德福德的南水街重组了新的家庭。

大卫外叔祖父曾在科德角遇到他在采摘小红莓。但对于一个注定要成为"上帝在地球上的使者"的人来说，务农肯定不是他的出路。

此后，马赛利诺又去往美国、墨西哥、埃及、耶路撒冷和葡萄牙。在他离开第二任妻子詹妮和他的孩子们时，卡洛斯·马赛利诺·达格拉萨改名为查尔斯·格雷斯。然后他开始布道，在美国各地开设礼拜场所。1919年，他在马萨诸塞州的西韦勒姆开设了他的第一个祈祷者之家，开始了"神的召唤"。此后，在新贝德福德的坎普顿街又开设了另一所，也就是大卫外叔祖父那天晚上遇到他的地方。

信徒和祈祷者之家数量的增加给大卫和查尔斯·格雷斯的手下带来了更多的工作。当时，大迁徙导致数百万非裔美国人从南方来到北方城市，如芝加哥、辛辛那提、华盛顿、巴尔的摩、纽约、明尼阿波利斯等地定居，因为那里有更多的工作和对种族更宽容的态度。这些大多是文盲的黑人工人，以20世纪20年代黑人宗教领袖，比如戴维恩神父的"神圣话语"作为自己的人生希望。

与古怪的格雷斯老爹不同,通过当时在聚会日上的照片,可以看出戴维恩神父穿着打扮十分朴素。他是一个矮小的男人,有着如公牛般的脖子和一个宽大的秃顶。在照片中,他总是穿着剪裁整齐的西装和马甲,打着条纹领带,衣襟上放着一块手帕。他把更多的时间花在与信众的社交活动和为教会筹款的午餐和晚餐上。有时他会忍不住高声诵读神化的福音书。像哈莱姆区这样的黑人社区是他主要活动的场所,而像查尔斯·格雷斯这样的新牧师的到来则意味着威胁。

1926年,格雷斯在佐治亚州萨凡纳市的"神奇"医术为他吸引来了大批新信徒。大卫和祈祷者之家的其他工作人员忙碌地在帐篷里准备新的聚会,组织公共活动。集体"洗礼"通常是在祈祷者之家附近的水池或者湖泊和河流中进行,由牧师先进行祝福环节。在城市里,他们则使用人行道上的消防栓进行"神圣的沐浴"。在其中一张拍摄于佐治亚州奥古斯塔市的照片中,一群人围着一个水池,身着黑衣的格雷斯牧师腰间挂着水壶,六名身着白衣戴着白头巾的信徒等待着他们的受洗。从这时起,许多人开始称他为黑基督。

在北卡罗来纳州塞维尔斯维尔发生的一件事给格雷斯的职业生涯蒙上了一层永远的阴影。在一次河里的洗礼中,格雷斯牧师看到其中一个信徒失足落入水中,在水面上挣扎。他曾两次试图把他拉上岸，但都没有成功，最后他筋疲力尽地游回岸边，而那个信徒被淹死了。事故发生后，格雷斯继续为等待的人群施洗。

后来，他评论此事说："我认为这对那个人来说实际上是件好事。这是个死亡的好日子，你不觉得吗？他为天堂的荣耀做出了贡献，他拥有一个精彩的死亡……"

大卫外叔祖父年轻时认识的那个人，现在坐在祈祷者之家礼拜室里如圣山般的宝座上。在长号的音乐和狂热信徒的呼喊中，格雷斯有时会蹦出葡萄牙语甚至克里奥尔语。他认为说外来语的行为是与神真正相通的标志。而大卫也不难看出这位来自布拉瓦的老朋友马赛利诺所戴的面具，以及他是如何放弃自己的双重身份，而去承担他认为历史为他保留的角色。他不在乎这些在他身上发生的改变。

"当你使用自己的语言时，神不会回应你的祷告。神要我们说他的语言，而不是你的语言。"

根据我母亲的描述，大卫外叔祖父是格雷斯老爹抵达每个城市时的准备团队成员之一（格雷斯老爹来了，大家快来！）。他们监督牧师抵达时伴奏的乐队，以及牧师向街角的人们招手时乘坐的凯迪拉克或帕卡德豪华轿车。他们还负责分发由格雷斯"祝福过"的商品，比如印有格雷斯头像的手帕、杂志、牙膏和香皂。

"病人甚至可以通过触摸我扔掉的一张废纸而痊愈。"

他是上帝在地球的使者。

"不要依靠上帝。救赎只能靠格雷斯,格雷斯给了上帝一个假期……"

20世纪30年代末,哈莱姆区已成为美国最大的黑人社区,格雷斯和戴维恩神父之间不可避免地发生了冲突。哈莱姆区除了拥有剧院、艾灵顿公爵[1]和路易斯·阿姆斯特朗[2]的爵士乐、棉花俱乐部和文艺复兴运动,还有暴力、贫穷和受1929年大萧条影响的家庭。戴维恩神父决定在这里设立他的总部"第一天堂"。

据当时的报纸报道,格雷斯对戴维恩宣称自己是上帝感到十分不快。他派人去打听戴维恩设立总部的地点,发现房屋的业主,一家曼哈顿下城的银行正有意出售这座房产。于是格雷斯立即从银行提取了2000美元的存款,作为购房的首付。这间房屋的大厅可容纳500人,是他祈祷者之家的理想场所。

这段黑人宗教领袖之间的战争,经由报纸的渲染,成为当时人们最津津乐道的谈资。向联合广场银行买下四层高的房屋后,格雷斯老爹给报社打电话,说他决定将戴维恩神父赶出"第一天堂",并在那里设立祈祷者之家的总部。至于戴维恩,格雷斯回答说:"我不会把他赶出哈莱

---

1 美国作曲家、钢琴家以及爵士乐队首席领班。公爵是童年朋友给他起的绰号,他成名后,人们还是这样称呼他。
2 20世纪最著名的美国爵士乐音乐家之一,被称为"爵士乐之父"。

VI

姆区,我会让他留下来。可怜的家伙……我将给他和平和怜悯。"

新闻界对两人之间的"圣战"极度关注,甚至还在旁边煽风点火。取得胜利后,格雷斯在前往古巴度假之前,通过报纸给戴维恩神父传递了一条信息:"现在去向你的羊群解释,全能的上帝怎么会被赶出他自己的房子。"

购买"第一天堂"给格雷斯带来了另一个启发,他非常高兴地发现权力可以通过收购房地产来实现。在接下来的几年里,这位牧师用他"管理"信徒的钱购买了各种房

地产，一共41处，其中包括纽瓦克的一座拥有20个房间的豪宅、萨沃伊剧院、曼哈顿的埃尔多拉多公寓楼、底特律的黄鹂剧院、一座拥有54个房间类似法国城堡的豪宅。20世纪50年代末，格雷斯买下被视为蛋糕上的樱桃——洛杉矶伯克利广场上的豪宅，它共有85个房间，后来这也成了他的住所。

大卫从未见过巴西农场或哈瓦那郊区的房子。但在7、8和9月期间，他会陪同格雷斯在纽约和佛罗里达之间巡回布道。他去过的城市包括布法罗、新天堂、纽约、费城、威尔明顿、巴尔的摩、华盛顿特区、纽波特纽斯、诺福克、温斯顿塞勒姆、夏洛特、哥伦比亚、奥古斯塔、萨瓦纳和迈阿密。

20世纪30年代初，一个祈祷者之家的忠实信徒，瘦小的年轻女子米妮·李·坎贝尔指控格雷斯强奸未遂，这动摇了格雷斯"荣耀之王"的公众形象。米妮在法庭上说，这一切都发生在格雷斯送她去费城之后，米妮当时在格雷斯的房子里做清洁员。在强奸未遂后的几天里，她还指控格雷斯的性骚扰行为。最后，她用颤抖的声音说，她同意与牧师发生性关系只是为了换取在巴尔的摩祈祷者之家担任钢琴师的承诺。

据说格雷斯非常喜欢听她弹奏诗篇。

这段复杂的关系给他带来了一个儿子，但格雷斯拒绝承认他。他的私人司机约翰·希罗为雇主的清白作证，祈祷者之家也给记者发声明说:"这都是谎言,格雷斯老爹是纯洁的。"

在家庭生活方面,格雷斯并不顺利。与女儿艾琳的分歧因其儿子诺曼的去世而变得更加复杂。当诺曼的葬礼在新贝德福德举行时,他仍继续平静地在夏洛特进行他的传道工作。他的第二个儿子小马赛利诺,也是唯一一个与格雷斯仍保持一定联系的人,后来住进了精神病院,开始接受精神分裂症的治疗。三年后,小马赛利诺从医院逃跑,十多年来都没有人知道他的消息。

/

这可能是第一次在电影屏幕上看到佛得角的影像。

在新贝德福德的祈祷者之家大厅里,除了格雷斯,还有一位名叫巴拉的律师、曼努埃尔·罗斯和他的儿子马里奥·马蒂·罗斯,以及祈祷者之家的另外两个成员。年轻的马里奥·马蒂·罗斯创作了这部44分钟长的影片,他在1937年访问了圣维森特、圣尼古拉和布拉瓦岛。影像里出现了圣维森特的大港湾和老电报街,还有吉尔·伊内斯高中学生的体育课。

随后,马里奥前往圣尼古拉,在那里他碰到了一支前往森蒂尼亚山的宗教巡游队伍。影像中,信徒们在太阳下,经牧师的引导爬上一个斜坡。在布拉瓦岛,拍摄了在富尔纳海湾准备婚礼的仪式，新郎和新娘骑在马背上，一群音乐家在新辛特拉的街道上演奏。

在去过他父母的故乡后不久，马里奥开始在美国接受训练，以成为一名被安插在佛得角群岛的间谍。这部电影和这些岛屿在大西洋的地缘战略重要性足以让他被OSS（后来的美国中央情报局）招募并前往纽约，接受关于密码和通信秘密信息的培训。

随着美国加入战争，他应征加入了美国空军。在征兵的第一天，军官们命令那些认为自己是黑人的人站出来。种族隔离政策蔓延到武装部队的所有部门。在马里奥看来，如果军官自己都无法分辨谁是白人谁是黑人，那么他更不会做这样的判断。

随后他去了佛罗里达，在那里接受了第八空军营B-17轰炸机的炮手训练。接着，马里奥·马蒂·罗斯被派往英国的一个空军基地，在那里他成为穿越法国和德国上空的轰炸机机组成员。在一次轰炸任务中，一架德国战斗机撞上了他的B-17轰炸机，飞行员在交火中被击中身亡。在随后的爆炸中，马里奥·罗斯刚拉动完他的降落伞绳索，就在半空中失去了知觉。马里奥后来回忆说，他只记得在地面上醒来，周围都是手握干草叉和耙子的德国农民，他感到脚上剧烈的疼痛，他知道他的脚踝骨折了。

在医院里，他得到了一位法国医生的救治，由于他掌握葡萄牙语和从父母那学来的克里奥尔语，他能够与这位医生交流。他最关心的是他的腿，德国士兵会将伤员截肢，因为这样更容易控制和运输。不过，最后医生用螺丝和螺栓固定住了他的脚踝。

在盟军的一次轰炸中，在这名法国医生的帮助下，马里奥和其他战俘一起被救护车带到了另一个城市。在路上，他担心盟军会轰炸红十字会的救护列车，因为德国人经常使用它来运输军械。

一天早上，医院的守卫不见了。到了下午，他们看到一列美军进入，他们这才被解救释放。

/

1960年1月7日晚，在伯克利广场的豪宅里，年老疲惫的格雷斯正准备睡觉时，突然感到身体不适，房间对他来说似乎变得无比宽大。

管家给他端来一杯糖水后，老牧师从床上坐起，对着镜子里的自己看了许久。然后他让管家把卷轴式录音机拿来，并给了他一个离开的手势，接着，他拿起麦克风，开始录制布道《你必须重生》。

第二天，格雷斯心脏病发作，四天后便去世了，享年80岁。在葬礼上，信徒们通过扩音器听到他的最后遗言和对他们的劝告。

他的遗体被安放在日落号列车上，从洛杉矶到马萨诸塞州的新贝德福德，开启最后的巡游。棺材在五个城市停留，以便信徒们能够同他告别。

巡游结束后，大卫外叔祖父也永远地回到了圣尼古拉岛，并在位于岛上的卡雷江家中，因前列腺癌去世，享年70岁。和格雷斯一样，他最后没有看到祈祷者之家内部的权力斗争，也没有目睹格雷斯家庭成员对他遗嘱提出的诉讼，更没有亲历美国财政部到全部祈祷者之家追讨多年来逃避的近200万美元的税款。

11

100多年前，罗莎·杜拉多家族来到这里定居。

1100公顷的西马庄园后来被分为两半。比较发达的一半由一家农业公司经营，而另一半则是8个继承人争夺的目标。我爬上种满橡树的山丘，向庄园走去。当我走近房屋时，看到一辆白色的老式雷诺克里欧向我开来。驾驶轿车的是庄园管理人的儿子，他在经过时向我打了声招呼。

再往前走一点，一个70岁上下的男人在一个女人的指挥下驾驶拖拉机，拉着装满软木的拖车。在墙的另一边能看到一些像是仓库或谷物筒仓的现代化设施。而在这一边，全是倒塌的房屋，尤其是工人住的房屋，像是形成了一个小的长方形村庄。墙砖散落在地上，仿佛被轰炸过一样。

一些鸡鸭从粗糙的木质建筑中出来，我穿过它们，然后绕过山坡上的橄榄树。从这里可以看到屋顶是如何凹陷下去的，甚至还能想象出主立面的外部阳台倒塌后发出的巨大响声。可以看到主厅的内墙、瓷砖和所有木材似乎仍然完好无损，罗莎·杜拉多一家曾在此居住，在银器和留声机的声音中迎接客人。正面的两侧塔楼还依然存在，每个塔楼都有自己的窗户，而如今，鹳鸟成了庄园里的主人。

尽管老房子已经破落，但在山谷中，它仍然呈现出一种贵族般的宏伟气势，下午泛红的夕阳在田野的黄赭色上形成了一幅诗意的画面。远处，一个一头卷曲白发的男人，手里拿着小铲子，心无旁骛地进行着一所旧小学的最后修复工作。我想到了坐在长椅上的学生们以及历史背后存在的意义，时间将人们自然分布在整个地区，尽管这里表面上给人一种静止的感觉，但其微小的变化在几个世纪里都在进行，有些秩序在逐渐消失。

我走了几个小时，穿过软木橡树和石松，直到看到远处的加伊奥河谷大坝。鹅卵石路穿过大坝直抵水库对岸的豪华酒店。我仔细观察水库外墙上令人印象深刻的拱柱，据说若阿金·布拉斯科在20世纪40年代末曾在此工作过。水库现在正处于其最低水位。另一边是延伸出来的绿色山谷，散发着平静的忧郁，一条狭窄蜿蜒的道路从上而下，消失在一片松树林中。

/

这是一个闷热的下午，但我还是决定去看看这条路到底通往哪里。在松树林后面，我发现了一组水库，连接着灌溉渠。在我看来,这更像是一个旅程的起点而不是终点,我感到一种解脱,同时又心脏一紧。这段行走最终把我带到了生命之泉起始的地方。所有的起源都是不断重复的回归,蕴含着全部的可能性,是一切都不会太迟的保证。在水库旁边,有一辆达特桑皮卡停在路旁的树下。我听到有东西打水的声音,当我走近时,看到一个人拿着鱼竿站在水库的边缘。他扔了两次鱼线,几分钟后,他不紧不慢地收回鱼线,鱼钩上挂着一条挣扎的鱼。我站在旁边看他,随后开始返回磨坊河村。第二天早上,按照约定,我把房间的钥匙放在大厅的桌子上,然后搭乘早上7点的小卡车前往格兰杜拉并乘火车去阿尔加维。

那里见证了第一批黑奴的到来。

VII

他称它为小崽子,像对待自己的儿子一样爱它。

当我的继父喝醉时,它是他最喜欢的伴侣,他会把它放在怀中,在家里到处走动。它只是一只普通的陆龟,像其他乌龟一样缓慢地移动。冬眠期间,它会消失在家具后,直至所有人都遗忘了它。

一段时间过去后,从木质底座下传出一阵持续不断的摩擦声音,它被夹在沙发脚或壁橱和墙壁之间。在来到我们家之前,它是陪伴继父海洋航行的忠实伙伴,后来成为我们家的长寿宠物,直到某天它的四肢被夹在墙壁和旧沙发之间死去,然后被人们遗忘。

/

在母亲家我的旧卧室里,我找到一些曾经的旧书和模糊的记忆。

雨水打在瓦片上,风在窗外呼啸,一股霉味掩盖着悲

VII

伤的气氛。我回忆这四面墙之间的青春爱情故事。在时间的尽头，生活的轨迹给我们带来一些奇怪的印象，好似一枚旧印章，一块不平整的地板，一把空椅子。

我观察着这座黑暗荒废的房子，沉默的家具、没有主人的植物和墙上的绘画。仿佛我们的影子也在偷偷地抛弃我们。

我的母亲拖着沉重的身体从客厅缓慢挪到厨房，然后又从卧室到浴室，好像在寻找一把可以打开昔日时光之门的钥匙。古老的木头台阶发出的吱嘎声是对曾经世界的思念。她的周围已经没有其他人了，只有电视里的巴西和葡萄牙肥皂剧演员。语言似乎因为长期没有使用而逐渐消亡，电话是使她浮出水面的潜望镜。

晚餐后，我们坐在客厅里，听一会儿来自岛屿的音乐。她会讲述在圣尼古拉岛房子发生的古老故事，那些从山谷回来的男女习惯在那里停下来喝杯水，聊聊天。我们在时间中前进，假装什么都没有改变，但是记忆中的人物随时都会从门外闯入，以一种微妙的方式解构人类的时间。

她的个人用品或装饰物品已经深深地印上了她的痕迹：一把古董椅、一个还未使用过的茶具、一个立式烟灰缸、一套葡萄牙航空的餐具。仿佛她可以突然在其中消失。

清晨，她坐在阳台上，慵懒地享受温暖的阳光。我们两人住在这里，就像故事中的结尾人物一般：她处在她人生的黄昏时刻，而我在一条尚不知方向的道路中间。她的生活没有排练或过多的言语，尽管她的忐忑不安并不比其他人少，但她不允许悲伤的情绪穿过房间或落在桌上。

我们几乎总是用葡萄牙语交谈。我们古老的母语已经像爬行动物身上的干皮一样从我们身上剥落。她思念圣尼古拉岛上的房子和它沉默的墙壁，罗望子树的影子，它的树根紧紧拥抱着抵御了时间侵蚀的地基。突然，她问我我们过去洗脚的那块光滑板石。有的时候，我们会突然回忆起某一天，但其中更多的是幻想而非真实的记忆。最近，她跟我说她几乎总是做同样的梦：在海中央有一个岛，岛上有一座房子，房子旁边生长着一棵罗望子树，树旁边埋着一头老骡子。突然，谈话改变了方向，以它独特的方式，像蜘蛛一样在各个话题之间跳跃。

那天晚上，她一直沉浸在回忆之中，当客厅的挂钟指针接近12点时，她都不敢相信自己已经说了两个小时。她抹去因远方的尘埃而留下的眼泪，仿佛一阵暖风在吹动她的头发。在讲述完她简短的人生后，她的嘴唇干涩，就像她刚从萨尔岛的高原平地上走回来一样，而那个后来成为我继父的人在听完她的故事后，拉起她的手说了一句神奇的话："我愿意娶你，同你一起抚养孩子。"我的母亲总是将感激之情作为自己生活的全部信念。

母亲告诉我，几天后，也就是1970年的圣诞节，他们

VII

一起愉快地参加在阿尔坎塔拉的克里奥尔人[1]聚会。气氛明亮又欢快。我相信她当时应该很快乐,也许也坠入了爱河。桌子上摆满了食物和饮料,我的母亲跳舞、大笑,与岛国的朋友再次相聚,有时候对生活的热情可以驱散乡愁。在路易斯·莫赖斯的《美好聚会》专辑和佛得角之声乐队的音乐中,怀旧情绪笼罩着大厅里的夫妇们。我母亲告诉我所有的事情,那些漂泊到荷兰的男孩们是如何以惊人的速度忘记北部海域刺骨的寒冷和波斯湾的热浪,在大都市停留期间,他们参加各种聚会,暂时找到家的感觉;他们穿着西装外套,打着精致的领带,脚踩尖头鞋。第二天早上,他们在桑塔阿波罗尼亚登船,几天后,他们又睡在北部海域的波涛之中。

突然间,她改变了场景,回忆起用来灌溉的水箱,周围环绕着橘子树和香蕉树,我们总是在水箱和来来往往的车轮之间玩耍。

你无法想象她是如何把我拉回到那个童年的更衣室。我以为已经忘记了的故事,最后却在梦境和遗忘之间被唤醒。有时,仿佛我的存在让她加倍回忆起过去的蓝天,她遥远的目光透露出无法弥补的苦涩滋味。她保持着一个隐藏的希望,希望自己不被岛国所遗忘,希望天堂不会改变她最初的身份。

---

[1] 在美洲和非洲出生的欧洲人后裔。

有一天,她在浴室里待了很长时间。

她出来后,我看到她头上系着一条白围巾,右手拿着旧便壶,神情恍惚。她向我投来一个宁静而遥远的眼神,既带着挑战又含着坚韧。她的腿在承受身体的重量下颤抖着。她犹豫地走了两步,尝试重新找到平衡。我在她身后默默地跟着她。

"我没关系。"她举起手跟我说。

她干枯的眼神打消了我的怀疑:"我现在又老又累,但我还不会死,我还能自己应付,你以为我是怎么熬过这些年的。"

VII

然后她坐在床上,像一个休息的巨人。我看着她的手,骨头凸起,布满青筋,覆盖着一层被晒得干枯的皮肤。我的脑海中闪过一个念头:这不可能是她的手。那些血管也不是她生命所经过的道路。我不再看她的手,不再观察每条血管的流动。

我母亲把这种病称为"坏肚子",这个病痛足以让她在接下来的24小时里虚弱不堪。她还会有多少个24小时?有那么一瞬间,我觉得她依然身体健康,她的腿还能站立,她的手臂还有力量,她的头脑还能正常工作。

她没有抬眼地对我说:"我要休息一会儿,如果需要你,我会叫你。"

她拉上毯子,拍打了下枕头,然后像落叶一样轻轻地躺下。

在离开之前,我靠在门上,盯着她患有关节炎的手指看了一会儿,这时我想到了一个母语里的表达"mi sô"(意为我自己一个人),它重复了两次孤独,突出了一个人对孤独的渴望。这种感觉只能通过母语表达出来。

/

一天下午,我去社区的老电影院观看一部在1969年和1975年拍摄的纪录片。

我们每个人都能保留某些童年的记忆,这些记忆被包裹在透明的薄膜中，包含了我们生活中重要的地方和时间。无论它是否承载光辉，它都至关重要。在大多数情况下，它是我们身上的一种无意识的诗歌的结束。

每当这种遥远的眩晕感出现在意识中时，我们就会努力地抓住留在空气中的回响。我们试图重新征服这种我们称之为记忆的神秘漂浮物，尽管没有人知道如何在个人地图上找到它。我突然感到与这些匿名的观众有一种深深的亲近感，随之而来的是集体怀旧的时刻，像一把扇子在我们的心头展开。一种经历相同情感的感觉，让我们每个人通过影片的镜头，体会自己的孤独。

一种快乐的孤独。

画面上是尘土飞扬的街道，马车与老式的西姆卡和福特科蒂纳轿车交错而过，绿色的老式一层公交车在车站上下乘客，车上还挂着帝陀电池和仙山露的广告横幅。还有一些老式的城郊客车，它们穿梭于郊区与首都之间。混凝土的指示牌上面注明每个地点。其中一条线路是直接通往波尔图和西班牙。

人们在宽阔的街道上骑着自行车，如今矗立着银行、保险公司等现代化建筑的最繁华地区曾经是一片旧仓库。母亲牵着孩子们的手穿过马路，毫不畏惧路上稀少的小汽车。小贩们在老蔬菜市场门口招揽和争夺顾客。

菜市场里，孩子们在杀鱼后的血水中踢球。穿着灰色制服、戴着帽子的警察向市民们打招呼。嘈杂的三轮车停在街角贩卖水果，戴着礼帽在卖彩票的人手里拿着写有中奖号码的单子。戴着休闲帽的年轻骑手骑着他的白马，驴子拖着蔬菜车，卖蛇油的人胸前挂着麦克风，周围是围观的人群，妇女头上顶着煤气罐，人们在火车站候车。画面逐渐苍白、暗淡。

最耐人寻味的是，在30多分钟的纪录片里，生活似乎一直在有节奏地前进。在那个时代，大多数妇女仍然是家庭主妇，但影片却反映出强大的女性力量，可以看到她们手拿购物袋，身着便服，在商店里挑选花束或布匹。而就在我所在的电影院里，在观看比如当时最佳喜剧之一，由佛朗哥·弗兰基和弗朗切斯科·英格拉西亚主演，乔瓦尼·格里马尔迪导演的《黄昏三镖客》的队伍中却看不到女性的身影。

在老花园的影像中，我看到一名摄影师和他的老式三脚架相机，他用来清洗刚拍完的照片的红色水桶以及黄色海绵。坐在婴儿车里的婴儿，穿着短裤和白袜子骑着三轮车的孩子，年轻的夫妇，从老式相机前经过。老消防队长站在消防站里，蓝色的奔驰牌救护车在好奇的围观者面前飞驰而过。还有古老的药店、餐馆、门口挂着烟斗的酒馆、洗衣店、放置毯子和桌布的仓库，咖啡馆和糕点店。

这部影片描述的是当时人们怡然自得的状态。平和安宁的生活在几百米的范围内展开。但是，当你走近观察，可以看到他们脸上的冷漠和对未来生活的悲观情绪。

/

就在我们居住的楼房旁，一些家庭住在由铁皮和木头搭建的房子里，有时候我为他们感到悲伤。

那是凄凉和暴力的记忆。太阳下，女人们在绳索上晾晒衣服，这是她们生活的一种标志。我记得我曾带着害怕和好奇闲逛于这些棚户区，穿过一层棚户的屋檐下，犹如迷宫、隧道或桥梁的通道。除了琐碎和单纯的好奇心，我几乎无法捕捉到其他东西。但这并不妨碍我的思乡之情被那些陈旧的街道、在癞皮狗和猫之间玩耍的肮脏孩子所触发。傍晚时分，年纪更大的一些居民会穿过马路，在街边抽烟、喝咖啡或打台球。

其中有一个家庭，孩子在出生时就患有先天性疾病，无法自然地向前看。这里始终存在各种暴力，无论是身体还是语言上的。在那些没有自来水和电的木屋后院里，父母用水管抽打自己的孩子，周围的人对此似乎早已麻木。没有人关心他们所处的可悲环境，这没有什么可以指责的，也没有人去指责。这些街区代表着极端贫困的过去，人们很难将其中的居民与一个曾远洋航行并创造文明的伟大民族相联系起来。与我同龄的孩子们被那些木墙和泥泞的街道所束缚。我有一种强烈的渴望,想与他们建立友谊,一同游戏和分享秘密,并想去证明,他们的精神世界并没有不可救药地被邪恶所浸染。

这些人生活在葡萄牙帝国的首都。他们所经历的道路与我们的非常相似,他们的父母和祖父母从葡萄牙内陆地区一无所有地来到里斯本。很难不去想我们现在已经取得了多大的成功。

/

一天早上,当我出去买面包时,我闻到空气中充满了木材烧焦的味道。

在附近,我发现一个足球场大小的区域被完全烧成了灰烬。穿着工作服、戴着头盔的消防员拿着水管对准四周的残骸浇灌,从中涌出一些烟尘。地面上盖着一层厚厚的灰烬,混着烧焦的木头和扭曲的金属板。一些消防员们看起来很疲惫,一边吸烟一边与警察交谈。周围聚集的群众离现场保持一定的距离,评论火势蔓延的速度。

一些人说从周围建筑物的窗户和阳台上听到了火焰吞噬木材的噼啪声。他们的话语吸引了那些像我一样刚刚到达这个悲剧现场的人的注意。他们的描述混合着对这场灾难的兴奋和难以置信的情绪。因煤气罐而引起的大火让政府当局感到害怕,但对旁观者来说,却有着不可抗拒的吸引力。厨房所在的位置，小型灶具们是这场灾难中为数不多"毫发无损"的幸存物品。从远处看，它们就像奇怪的白色金属盒子，零散地躺在黑色的地板上，像尚未发明的电脑显示器一样。

现场具有令人恐惧的吸引力，即使对一个8岁的孩子来说也是如此。这个社区在鱼市附近。尽管完全被烧焦，但原本是一楼窝棚的两面墙壁仍然树立着。其中一面似乎是由一个水泥盥洗槽支撑着。厨房里面有一些木凳子和一张金属桌子，锅碗瓢盆还挂在钉子上。

旁边有一个小水池和两瓶水，好像什么都没发生过。在被烧毁的区域周围，一些在火灾中幸免于难的房屋像一排木墙。几米外堆放着炉子、木质梳妆台、椅子、有框照片、长凳、装满衣服的抽屉、地毯、毛毯和其他织物。

消防员和警察一离开现场，看热闹的人就围了过去，开始用脚在残骸中翻找。有人说，其中一名受害者是个聋哑人，他被火势困在房间里。还有人低声说，其中一户人家把钱藏在一个金属保险箱里，它一定还在瓦砾下面。

我在街区其他地方走了一圈，路上大家都在谈论消防车到来时的场面，以及黑暗中的灯光和火花。在火车轨道的另一边，石桥外，许多家庭坐在椅子上等待，木桌上放着卷起的床垫，旁边有铝制沙发床、行李箱、柳条篮子、枕头、锅、碗、炉灶和大衣。其他的人继续到来，带来了更多的物品，然后堆放在地上。

VII

  三个男人背着沉重的衣柜从我身边经过,一个老年妇女坐在床头柜上,怀里抱着一个婴儿,旁边立着一面镜子,映射着整个行动,她身上散发着一种奇怪的宁静,仿佛火灾和不幸是她生活中不可分割的部分。两个男孩和一个满脸雀斑的女孩在床垫、小木箱和水瓶之间玩耍。

  附近有两个铝制煤气罐、一辆儿童三轮车和一张堆满衣服的木床,它们一定是属于那个正在哭泣、用手帕擦拭鼻子的女人。一个戴着黑色帽子的男人把她拉到身边,抱住了她。

  这是我第一次看到这样的场景。人们在同情的沉默中看着这些流离失所的人,这里或那里时不时传来嘈杂声。我不知道他们接下来会发生什么。当然,他们中的大多数人都有生活在其他地方的亲戚,这些亲戚应该迟早会来帮助他们,现在他们随时都会坐着卡车来取走自己的东西。我为自己的这个想法感到欣慰。

  后来,我再也没有看到过那些人,也没有看到他们抱着的或在物品间玩耍的孩子。在大火中幸存下来的几间棚屋不久后也消失了。这里变成了一个空旷的、被遗弃的地方,人们开始在里面放置拖车、碰碰车和搭建马戏团的帐篷,以迎接圣诞节。而在很长的一段时间里,每当我看到笼子里的狮子时,都会情不自禁地想起那个被火焰困在房间里的聋哑人。

/

棚户区仿佛是城市的疮疤,其中的居民就像埃托尔·斯科拉所导演的葡萄牙版《丑陋的罗马人》。

他们反映了历史的失调、深刻的社会不公正、政府当局的散漫以及对这些郊区居民毫不掩饰的轻视。这些社区主要集中在郊区公路旁的荒地上,以方便居民们的出行。山坡上生长着无花果树,人们可以在高处看到倒映在特茹河上的灯光。社区被荒地所隔开,而被遗忘的荒野也即将消失在新社区的地基下。

因为在城市的郊区可以听到鸟儿的鸣叫声,我爱上了这里。

我记得我们曾经在雨后出去抓蜗牛,或者寻找鸟巢。我被那些被藤蔓和苔藓覆盖的房屋废墟所吸引。生锈的铁门假装保护着老果树和被时间侵蚀的屋顶。

在探索的幻想中,我们加入了当地人的故事和他们埋在长满常春藤墙壁旁边的骸骨。有时,有一条穿过草丛的老路通向这片废墟,这些地方曾被用来储存货物或动物。阳台和屋顶很有可能在即将到来的冬天倒塌。城市里那部分的乡村,或者说是已经开始城市化的乡村,在我的潜意识中开始取代圣尼古拉岛的乡野景色。

从萨卡文到阿马多拉,沿着特茹河的方向一直到阿尔热

VII

什，居民们用他们的记忆和习俗塑造了这个地区。他们在卡尔尼迪、本菲卡、沙尔内卡、红十字、卢米亚尔、奥迪韦拉什、罗如庄园、卡利涅拉斯和阿梅谢拉等教区开设了肉店、咖啡馆、小饭馆和理发店。这在我们带着我们的音乐、工作和食物来到这里之前，就早已发生。我们就像两个去殖民化的民族，一个是在帝国结束后，而另一个是独裁结束后，分别来到里斯本郊区古老的田地和农场上定居。

这是描绘这些郊区最古老的图画之一。

画中有一片位于现在奥利维斯地区的老房子，中间是一座教堂。

远处，靠近萨卡文市的地方，可以看到由特茹河形成的湾区。房屋、树荫下的女人和男孩，风景秀丽的树木和原始乡村构成了一种令人羡慕的和谐。土地与河流接壤的形状揭示了它们的早期状态。覆盖着灌木的小山丘将农场和田地以一种随机的方式分开，任何热爱自然的人都会为之沉醉。

1787年，威廉·贝克福德惊叹地记录了他在"本菲卡"参观的一个农场的花园。墙上的装饰品、闪亮的珠子和考究的中国瓷盘，无论在美丽还是精致方面，都让克拉珀姆和伊斯灵顿区的英国乡间别墅里的雕像、蜿蜒的溪流黯然失色。在坐落于玛维拉区的另一个农场，这个英国人惊叹于树木的古老和它们魔幻般的外表，它们的树荫一直延伸到古老的喷泉和身穿铠甲的残缺英雄雕像上。时间的流逝化为绿色、黄色和紫色。这个旅行者写道，奇怪的金字塔形石头建筑出现在灌木丛中，周围是用大理石雕刻的神秘狮子。"在满月的光芒下，我们从后面爬上特茹河对岸的山丘，走了一段回家的路，这离城市只有9英里多。"

20世纪40年代的航拍照片揭示了这片地区的全貌，在波特拉机场附近，第一批商业飞机上的人拍摄了这些照片。除了小规模的村庄，整个地区的图像只有黑白两色。穿越农田的土路、老农场、庄园和大片的橄榄树林清晰可见。

崎岖小径旁的城墙上有许多小化石和动物，如蜥蜴、壁虎、蜘蛛等。它们对我产生了巨大的吸引力。爬上一面城墙，然后坐在上面，就能发现一个新的世界。墙的另一边是果园、灌溉池、巨大的宫殿式房屋、花园和壮美的景色。那里仍然有自耕农，尽管他们住在因城市化而建起的

VII

房屋里，但他们仍然靠种地为生。在很长一段时间里，这些崎岖小径是从一个地方到另一个地方的最快途径。

走在小径上的感觉不同于走在柏油马路上。除了听到踩在地面上的声音，鸟鸣声或城墙外田野上穿过橄榄树的风声，还可以闻到野生的黑莓香味和无花果树间的植被味道。当经过一些私人住宅的大门时，可以看到时间的缓慢侵蚀和衰败的迹象。在冬天，当雾气退去时，这里会笼罩着一种神秘而忧郁的氛围。

/

从阿尔热什区附近的圣卡塔琳娜高地社区，可以看到特茹河口的壮丽景色。

从白天到黑夜，来自圣地亚哥岛的圣卡塔琳娜高原（这个社区因此得名）的石匠和木匠们建造了这个社区。他们砌起了墙壁，给房屋盖上了屋顶，在路上铺上水泥。另外，这里还开了许多咖啡馆，客人几乎全部都是从事建筑工程的男人，他们在一周的工作之后，会在咖啡馆里休息。

星期天，居民们通常和朋友与家人一起午餐。一直以来，他们都生活在农村，远离大城市。这里的生活非常宁静，人们也都尊重长辈。但新来的移民们迫使他们改变以往的生活方式。

这个社区就像一个由木头、砖头和金属组成的岛屿，高高地耸立在一座荒芜的山顶上，从那里可以看到特茹河口和大西洋。当我想到这一点时，脑海中浮现的是他们脸上幸福的表情。他们能够在一个新的城市里重建属于自己的社区，这本身就不容小觑。他们在棚屋周围种上小花圃，在远眺大西洋时，回忆远方的亲戚和朋友。

这个社区同岛国的其他地方一样，没有卫生设施，只有露天的下水道，居民们从附近的电线杆上拉出电线通电。在寂静的夜晚，男人们喝醉后会殴打他们的妻子。有时，他们在周六晚上相互斗殴，但在白天，夜晚的暴力被脚手架间的辛勤劳动所稀释，我经常怀疑这个社区是否是一个大家的集体幻觉。

不时，当地会出现土地所有者的代表，似乎在提醒他们真实的一面，那就是他们不能免于法律的管辖。但可以看出每个人都渴望在这片土地上重建岛屿，开启幻想中的生活。

这条用于保卫里斯本的军事公路建于19世纪末。

20世纪70年代初，它被佛得角人占领了。

绕过科瓦·达莫拉高地社区、布拉加区和达马伊阿区后，就抵达5月6日社区，这是个让警察头疼的地方。那些获得社会安置房的大多数人，像幽灵般徘徊在酒吧门口。这个街区的建筑和设施都十分脏乱，这里是众所周知的贫民窟。沿着铁轨朝达马伊阿-热博内拉的方向，一些房屋已经被非

VII

法居民所遗弃，留下一堆垃圾、废弃材料和木片。这条道路经过本菲卡港，那里曾经有另一个居民区。

宏伟而新式的环形路，以及中心的粉红色城堡，让人联想到其他一些城市。在克鲁斯神父社区附近，正在铺设两条新路，工程还未完工。机械和工人正在压平路面。向庞蒂尼亚方向下行，后面是阿尔福内罗斯环岛，这里已经没有任何旧路的痕迹。从这里开始，将进入新的军事公路：它贯穿里斯本的北部，路面更宽，能通行更多的车辆。公路经过家庭垃圾回收公司，继续向下将穿过乡村，会看到一些社会住宅区，接着是卢米亚区、卡里切路，最后我们进入托雷斯线林荫道，在这里能看到多年来使用土地的明显痕迹。

过去，移民者的房子私下沿着路边和周围的土地延伸。一些居民走路去车站搭乘公交车。现在许多房子已无人居住，但仍保留在原地，有些则像蛋糕或开膛破肚一样被切成两半，像是被导弹击中。

房间和厨房都暴露在外，墙上还贴着瓷砖。有的房子间的荒地上长满了高高的野草，倒下的墙壁上覆盖着轮胎、烧毁的汽车碎片和电器的残骸。在其他地方，房屋所在的位置只剩下水泥和瓷砖地板，还有大量的垃圾和废弃物。有的房子窗户上装着铁栏杆，屋顶插着卫星天线，门窗上带着铝框，可能里面仍然有人居住。

随着第一次世界大战中飞机的出现，军事公路就完全失去了功能。20世纪90年代，它不再有军事用途，而进入民用领域。慢慢地，这些军队房屋和土地变成了无人区。佛得角移民家庭来到这里，在以前分配给军队的土地上建造房屋。当时，没有人打扰他们，甚至都没有人知道他们的存在。

在这些远离市中心的偏远地区，仍有宁静的乡村，没有城市中的喧嚣混乱。移民们开始工作，开垦荒地。从20世纪70年代初开始，居民区沿着蜿蜒的道路扩大。

在洛里什市的边缘，还有原来的军事公路遗迹，地面都是碎石，不易行车。政府当局并没有管理这段路，它除了作为垃圾场，似乎没有其他用途。道路像是一条白色、狭长和粗糙的线条，艰难地抵抗着两边生长的野生灌木。

道路最后通往卡马拉特。在半废弃的塔卢德社区，最后几位居住在此的原始居民在他们房子门廊下晒太阳，打发静止的时间。尽管飞机的噪声震耳欲聋，但在这里可以看到瓦斯科·达·伽马大桥的壮丽景观，远处是特茹河和国家公园。虽然他们似乎对这一点并不感兴趣。

12

在前往法鲁的火车上,在铁轨上摇摇晃晃的车厢里,我坠入甜蜜的梦境中。

但是几分钟后,我就被一些声音吵醒了,这些声音把我带回到我的童年。我转过身去,看到后座上有两个女人正在用克里奥尔语谈论一些家常琐事,比如她们朋友女儿的婚礼、宾客和鲜花、教堂、交通以及开销等等。

一个小男孩和一个小女孩,两人都是金发蓝眼,坐在一对夫妇前,可能是他们的孩子。女人们用伦勃朗和维米尔[1]的荷兰语回应孩子们的问题。她们是混血儿,50岁上下,随主人来度假。孩子们看着窗外的阿尔加里亚风景和他们的父母交谈。这一幕让我想到了其他移民到荷兰的佛得角人,正是因为来自荷兰的钱,移民们才能在里贝拉布拉瓦山谷里建起楼房,改变了当地的景观。

这两个女人肯定只有小学文化程度。但她们对这门源

---

1 荷兰黄金时代绘画大师,代表作有《戴珍珠耳环的少女》《绘画艺术》等。

于日耳曼的语言的掌握，令人好奇和惊叹，也正是因为掌握这门外语，她们才能够拥有一份可靠的工作和收入，改善她们的生活。

/

对于雅各布斯·卡皮泰因来说，在从奴隶转变为受人尊敬的牧师的过程中，语言起着至关重要的作用。

但与人们所期望的相反，这位精通荷兰语和拉丁语的非洲人撰写并主张了一篇至今仍让许多人困惑不解的论文。的确，很难理解为什么一个黑人要用他生命中宝贵的几年时间（卡皮泰因30岁就去世了）来证明"黑奴制在上帝眼中是合法的，与基督教信仰的价值观和原则完全一致"。

他可能收集了某些基于古代经文的哲学和神学论据，如果他没有这么年轻就去世的话，说不定能解释他的这个理论。

雅各布斯·艾丽莎·约翰内斯·卡皮泰因1717年出生于今天的加纳地区，离曾经葡萄牙人的"黄金海岸"不远。但是，当这个7岁的孤儿被荷兰船长阿诺德·斯泰恩哈德买走时，葡萄牙城堡"圣乔治·达米纳"早已落入荷兰人手中，荷兰人称它为"埃尔米纳城堡"或直接称"埃尔米纳"。

斯泰恩哈德没有继续使用这个孩子的非洲名字，而是叫他卡皮泰因。由于不太清楚该如何处理这个孩子，船长把他卖给了另一个为荷兰西印度公司服务的荷兰人雅各布斯·范戈奇,范戈奇带他前往荷兰泽兰省的米德尔堡,这永远改变了这个年轻非洲人的命运。因为荷兰出台了禁止奴隶制的法律,卡皮泰因不久就变成了一个自由的人。范戈奇把他带到了海牙,在最初的几年里,这个年轻人努力地学习荷兰语和绘画的基础知识,以及基督教的教义要理。

课堂上,他不仅充满好奇,还十分好学。神学家亨利克·瓦尔斯的儿子很快与他建立了深厚的友谊,并说服他的父亲资助卡皮泰因完成剩余的学业,不过条件是卡皮泰因以后要致力于非洲的传教工作。除了前主人的精神和财力支持,卡皮泰因也吸引了古典语言教授罗斯曼和著名法学家彼得·库奈的注意。这些上层关系使他得以进入海牙的拉丁学校学习,以及后来在莱顿大学研究神学。

18岁时,雅各布斯·卡皮泰因经历了他人生中最重要的时刻之一,他以前的教义老师在荷兰的修道院教会亲手为他洗礼,在场还有三个他最爱的人:雅各布斯·范戈奇、范戈奇的妹妹艾丽莎(他将她视为自己真正的母亲),还有他的挚友——范戈奇的侄女约翰内斯·穆德,他以这三个人的名字组成了他自己的名字以表示浓浓的感激之情。1742年3月10日,在卡皮泰因用无可挑剔的拉丁语阐述论文《奴隶制与基督的自由主义不存在矛盾,也不违反基督教的平等自由》,并回答了"奴隶制是否与基督教的自由相容"等问题之后,莱顿大学的教授和名流为他起立鼓掌。

被任命为牧师后，荷兰归正教会为卡皮泰因的非洲传教之旅开了绿灯。

这位年轻的非洲牧师踏上了为荷兰西印度公司服务的征程，幻想着在他抵达非洲时热烈的欢迎和赞誉。在船上的几周，他向船员们朗读和重复他的论文，以克服难受的晕船。这篇论文同时在莱顿出版，并在当时成为畅销书，被翻译成荷兰语，并在同一年共出版了四次。

通过书的封面和封底上的三幅肖像，不难想象这位25岁年轻教士的骄傲自豪之情，也能了解到卡皮泰因是如何看待自己的：一个黑人奴隶取得上层社会地位和充满前途的神职工作。在一幅肖像中，雅各布斯·卡皮泰因梳着18世纪的长发，穿着传教士的长袍，像老师一样用食指打开一本握在手中的圣经。在另一个装在椭圆形相框的肖像中，他站在一排图书前。

在他最完美的肖像画《非洲摩尔人》中，他虔诚地将右手放在胸前，而左手则放在《圣经》的一页上，似乎在对所有人说："看，沉思，这是我明确的宿命。"年轻教士的虔诚姿态并不能掩盖深色外衣包裹下的富态体型。圆圆的脸颊和双下巴让他看起来老实可亲。

雅各布斯·卡皮泰因本身的特殊性和其穿衣风格，让他的每一幅肖像画都在第一眼就给人留下深刻的印象。仿佛在说：瞧，他和其他所有非洲人一样，皮肤墨黑、鼻子扁平、嘴唇厚实，但由于命运的眷顾，他摆脱了黑奴的形象，在欧

非洲摩尔人

洲艺术大师面前摆出或多或少有点滑稽和做作的姿势。

　　这个非洲人受到同行的钦佩和尊重，他知识渊博，会用考究的拉丁文创作长诗。除了他在第一部作品中已经展露的传教能力，《民族的使命》中更体现了他渊博的知识，不过这篇论文更多的是对异教徒的呼唤。对卡皮泰因来说，这是改变那些迷失在黑暗中的人们的第一步。多年以后，"人们仍会记得我身上的宏伟任务，即为我的子民服务"。

/

但这正是问题的关键所在，因为根据卡皮泰因本人的说法，人们不应混淆精神自由和身体自由。这位年轻的黑人牧师认为，基督教信仰与奴隶制的共存，丝毫不影响事物的道德秩序，也不伤害任何人类的价值感，甚至也不造成人与财产之间的矛盾。

在《新约》和《旧约》中，卡皮泰因就一些模棱两可的奴隶制问题看到了一个"道德和法律上的空白"，他立刻利用此空白建立了自己的论点，并故意忽略了一些段落，比如"基督的痛苦与奴隶的痛苦一样"。

他论证的基础是原罪的概念，其根源可以追溯到早期的基督徒。对许多主张奴隶制的新教徒来说，因为原罪，所以不配拥有自由，两者之间的这种关系一直持续到18世纪，直到贵格会提出最初的反奴隶制思想。

卡皮泰因论文中的想法在他的早期作品中被扭曲，而这些作品最终消失在时间里。现在剩下的只有他的主要论文《民族的使命》的摘要。对卡皮泰因来说，这一切都始于诺亚对他的儿子迦南的诅咒，这个故事可以追溯到《旧约·创世纪》中的先知摩西，这是关于世界起源最了不起的描述之一。他看到他的父亲赤身裸体、醉醺醺地躺在地上，并取笑他，这激起了诺亚的愤怒，并诅咒他的儿子迦南和他的后裔,这是非洲人民承受永久惩罚的印记。

但卡皮泰因认为皈依基督教,即奴隶的洗礼,并不能使他们从原来的状况中解脱出来。他解释说,精神和身体应被看作是相互分离的两件事。他还具体指出:存在有良知的奴隶、罪恶的奴隶,也有文明的奴隶;有神的法律和人的法律;有精神的自由和身体的自由。

雅各布斯·卡皮泰因在海上航行中花了大量时间阅读《圣经》,以准备他在非洲的第一次布道。

船的摇晃和强烈的海风唤起了他对抵达西兰港的最初印象。在献给荷兰海牙市的长篇爱情诗中,他记录了对欧洲的第一瞥。

他的朋友布朗吉尼·里塞尔在他离开的前夕也为他献上诗句:"人们,看看这个非洲人:他的皮肤是黑色的,但他的灵魂是洁白的,耶稣亲自为他祈祷。他将向非洲人传递信仰、希望和慈善的奥秘,与他一起,非洲人将成为耶稣永远的羔羊。"

雅各布斯·卡皮泰因回忆起同约翰内斯·穆德一起在鲜花盛开的草地上漫步的情景,这位荷兰女人牛奶色的柔软皮肤与他的皮肤形成强烈的对比。他还回忆他们之间的友谊,人们习惯以皮肤颜色的深浅来区分善恶,所以他们之间的友谊让其他陌生人感到困惑,不过这让他们自己感到无比的快乐。他是一个掌握古代语言和《圣经》的年轻非洲人,他能用希伯来语背诵《所罗门之歌》中的《圣经》段落和新娘的话语："耶路撒冷的女儿们啊，我是黑色而美丽的！"这之后很久，黑色和美丽才成为反义词，与邪恶和罪恶的颜色混为一谈，而深色皮肤被视为污点或阴影。

雅各布斯·卡皮泰因在成为约翰内斯·穆德的知己时瞥见了一丝希望的火花。在晴朗的春天早晨，那些他们二人在一起的时刻，他当时与之反复做激烈斗争的想法，现在可以像一个甜蜜的幻想在海洋中间绽放。爱情对他们二人来说是广阔而深邃的湖泊。当卡皮泰因回忆起这一切时，在羞涩和诱惑的混合作用下，他感觉自己好像是个猥琐的偷闻自己妹妹头发香味的男人。

卡皮泰因在大海的摇曳中睡着了，他想知道他是否被允许有如此近乎乱伦的想法，以及天意是否会允许他走得这么远。

/

在非洲土地上的第一次布道中，这位年轻的教士向公司的107名雇员介绍自己是"黑暗中闪耀的光芒"。他身负双重任务：提高荷兰人的士气和使非洲人皈依基督教。埃尔米纳城堡是整个西非海岸最重要的奴隶中转站。

葡萄牙人在一个有利的位置上建造了这个城堡，它只能通过吊桥进入，吊桥一旦收回，任何人都无法进入或离开。

在主院里，一楼的所有房间都是潮湿的，且长期处于阴暗之中，它们曾是葡萄牙人的货仓，后来被荷兰人改造成奴隶的牢房。另外两个房间用于关押受惩罚的士兵和逃跑或叛乱的奴隶，他们的尸体在此收集存放，然后被扔进海里，作为对其他人的警示。

在这排牢房的尽头是"不归之门"：一条狭窄的走廊，每次只允许一个人通过，这条走廊通向在海边等待运送奴隶的船只。在牢房的楼上，是城堡里的执勤士兵、商人和卡皮泰因的房间。再往左一点是副总督的房间。最上层则是总督和荷兰西印度公司在黄金海岸负责人的办公室。

埃尔米纳城堡的牢房可以容纳大约1000名奴隶。

在城堡的二楼，主院的中间是军官们的食堂，在一楼有一个拍卖和出售奴隶的场地。女黑奴的牢房位于小院子里，紧邻城堡的军械库，那里可容纳400名女奴。她们对士兵、商人和城堡里的其他居住者来说有着特殊的重要性，因为他们可能已经同自己的妻子分开了好多年。

总督只需站在他房间的阳台上下达命令，女奴们就会立即从牢房中被带出来，在他的注视下在院中集合。等他选完人后，士兵们会在院子里的蓄水池中为选中的年轻女奴洗澡，并给她一些吃的，然后带她到通往总督房间的私人楼梯。

在总督完事之后，士兵们通常会排成一排，强奸被总督选中的女奴，然后再把她扔回牢房。

/

卡皮泰因想在他的第一次布道中表明他早已不是那个15年前从这里被带走的奴隶。

他的非洲兄弟们看到下船的是一个胖胖的、穿着欧洲宫廷服饰的荷兰牧师。卡皮泰因下定决心，他的传教任务不会因最初的抵抗所停止。他需要表现出更大的善意，以打开那些异教徒的心扉。在卡皮泰因、公司和阿姆斯特丹教会交换的信件中，他提出了一个请求，即"允许他与当地的一名非洲女孩结婚，以赢得埃尔米纳黑人的好感和信任"。

于是，他和在阿姆斯特丹的上级之间的问题开始了。

在结婚之前，年轻女子需要接受洗礼，但这个圣礼以及教义问答不能由她未来的丈夫主持。使事情更加复杂的是，新娘的父母拒绝让她去荷兰学习基督教。公司找到了解决方案，即说服和给予一位年轻的、热爱冒险的荷兰女孩安东尼娅·金德罗斯经济资助，让她登上了第一艘开往埃尔米纳的轮船去与卡皮泰因结婚。

而这一过程甚至都没有问过雅各布斯·卡皮泰因的意见。

关于安东尼娅·金德罗斯和雅各布斯·卡皮泰因这对夫妇，人们只知道他们在1745年10月3日举行了婚礼，这是欧洲人首次在埃尔米纳举行婚礼。从以后的信件中可以看出，牧师、公司和教会之间的分歧越来越大，当局高层对卡皮泰因连续提出的帮助请求置之不理。而另一方面，自从卡皮泰因公开反对当地从事奴隶贸易的荷兰人不断用混血儿童填满埃尔米纳城堡后，黑人牧师与当地荷兰人之间的关系也变得越来越糟。

他与上级关系的恶化促使了卡皮泰因的再非洲化。就这样，他在传教任务中发现了一个新的方向。

向非洲儿童传福音的任务从一开始就给他带来了许多实际和神学问题。在埃尔米纳的时候，雅各布斯·卡皮泰因拾起了一些范特语，这是阿坎语的一种地方方言，属于尼日尔-刚果语系。在埃尔米纳城堡一位年长而博学的非洲人帮助下，牧师开始将《十诫》《主祷文》和《十二条使徒信经》翻译成范特语。

上述图书在荷兰莱顿出版后，他收到了阿姆斯特丹教会的来信，他们在信中首先表示完全反对，然后对之前没有被征求意见深表不满。他们清楚地表明了与卡皮泰因之间在教义上存在的差异。在序言中，卡皮泰因并不掩饰其翻译的不完美，但相信随着时间的推移，内容将会得到完善。

"永恒""永生"或"圣人"等概念和思想在范特语中没有对应的表达。在《主祷文》中，"我们的父"被"我们大家的父亲"取代，另外《十诫》中提到的驴子也采用了更被人熟悉的马。

卡皮泰因在公司和荷兰教会不知情的情况下，用非洲人的母语投身于他传播福音的新任务中。公司和荷兰教会选择将他遗忘，并毫不掩饰地忽视了他所有的请求。正如他在去世前一年，1746年5月的一封信中公开表达的那样，他们对他的悲伤和被抛弃的倾诉充耳不闻。

后来，这位非洲牧师的健康每况愈下，只有酒精能帮助他在屈辱和被抛弃中找到一丝安慰。

根据他与上级的最后通信记载，雅各布斯·卡皮泰因在最后的日子里深陷债务泥潭。据说，他将传播福音的热情和激情转移到当时正在蓬勃发展的更有利可图的当地生意，但最后失败了。雅各布斯·艾丽莎·约翰内斯·卡皮泰因，欧洲黑人牧师，于1747年2月1日去世，没人知道他的具体死因和埋葬地点。

VIII

我的继父在没有意识到他即将死去的情况下死去了（当然，这是他所渴望的梦想）。

在他的最后时刻，他被当晚摄入的大量酒精完全麻醉。对于一个习惯于北欧严冬的人来说，这是命运的讽刺。

我乘渡轮到南岸，与一位老水手碰面，他像我继父的兄弟一样了解他。在横穿特茹河的短暂行程中，我试图厘清我的想法。为了解这个40年来试图成为我父亲的人，我需要超越我个人记忆的其他信息。

我记得我的叔叔们对这些港口城市夜总会里漂亮女人的评论。他们会保留这些东方缪斯的照片，我想象她们穿着高跟鞋走在人行道上，面带微笑，令人眼花缭乱。他们是幸运的水手，港口有来自世界各地的人：白人、金发碧眼的人、拉美人、黑人、亚洲人，还有许多菲律宾人。太阳首先在那里升起，他们惊奇地看到生命的爆发。

我的叔叔们讲述在灯火通明的餐馆里的故事，在那里人们学会另一种维度的生活。远东的城市慷慨地对待所有在港口上岸的人，大家生活在快速、异国和廉价的生活之中。

"嗨，宝贝，想找点乐子吗？"

水手们沉醉于那份来自未知纬度的爱情承诺，听着周围时不时传来的救护车和警车的警报声，感受吹过街道霓虹灯的夜风和辛辣快餐的香味。有些人的指甲里仍有油和洗涤剂的残留物，船舱里的淋浴不能完全清洗掉这些残渣。他们的衣服紧紧黏在身上，还无法适应当地相对高的湿度。

在那些刺破黑夜的灯光和以快速而神秘的语言进行的对话中，蕴含着真正的生活。他们乘坐货船和油船在世界各地寻找财富，而长着洋娃娃般脸庞的女人们在他们耳边诉说的暗示性话语，将陪伴他们在海上的数月。在相册中的一张照片里，我的继父穿着一件带金色袖口的亮丽米色衬衫，周围围绕着其他外国水手。

他是一个来自里贝拉·博特[1]的精力充沛而又固执的男孩，他跨过大洋，比他那个时代的大多数人见过更广阔的世界。在海上，他们体验真正的生活，尽管十分脆弱。无论是在阳光下还是在雨中，他们都觉得自己年轻并充满希望。在他们狂热的二十几岁，有些人在神户、横滨、福岛、新加坡、巴生港、上海、扬州、香港等港口留下了他们对生命的最大启示。他们甚至没有时间来思考死亡。他们随着人类生存流动的浪潮前进，那是运气和机遇的巨大

---

[1] 佛得角圣维森特岛上明德卢市的一部分。

VIII

浪潮，尽管有些人把某种形而上的光环归因于运气本身。

若卡已经退休好几年了，他可以告诉我更多关于我继父年轻时的故事。他在一个房间里接待我，里面有棕色的皮沙发，其中一面墙上，挂着一幅巨大的镶框照片，上面是里韦拉·布拉瓦镇的中心广场，柜子上有一些他和妻儿的照片。其中一幅照片里，三个男孩在一艘油轮的甲板上，其中两个人赤裸着上身，似乎在练习拳击，而第三个男孩在旁边看着他们。

若卡回忆在20世纪60年代初，他们在鹿特丹的一家名为蓝色天空的酒吧相遇，这是一家佛得角移民经常光顾的酒吧，而皮奥（他这么称呼我的继父）告诉他："我们把酒吧的门关了，若卡，因为今晚我们会是唯一的顾客。"他跟我说，皮奥是一个有不止一个人格的人。1952年，早在去达喀尔之前，他们一起在圣维森特的专业艺术和工艺学校——蓬蒂尼亚学校学习。他们成了好朋友，但在此之前，由于他们都非常争强好胜，每次见面都难免要打架。当他们十二三岁时，皮奥跟他说："若卡，我们没有必要再互相打架，我们应该一起做一些事情。"

若卡还告诉我，皮奥擅长制作锁和花边针，他是特奥多里奥·戈麦斯大师学校里最好的学徒之一。

"那时候，我们的父母没钱送我们上高中，所以我们去那里当学徒。你的继父在壳牌公司工作，当他送餐的时候，我会陪着他，他会给我盒饭里剩下的食物。后来，我们在塞内加尔的达喀尔相遇，我们在一个叫塞发的俱乐部里跳了一晚上的恰恰舞，皮奥非常喜欢这种舞蹈。之后，在1956年，我登上了国家航运公司的汽船卡萨芒斯号。我想找个岗位让他和我一起工作，但他说他想去做机械师，后来我得知他在荷兰的彼得·赫斯号上做厨师。"

他们在库拉索岛的奥拉涅斯塔德和荷属安的列斯群岛的阿鲁巴再次相见，同以往一样，也是在聚会上遇到。

"我们跳扭腰舞、萨尔萨舞、昆比亚舞，港口的人总是给我们找一些来自博奈尔岛的女人，我们用帕皮阿门托语和她们交流。皮奥一直跟我说：'哎，若卡，真遗憾我们不能停止时钟的指针……'20世纪80年代初，我在里斯本的埃索荷兰超级油轮的员工大型聚会上又见到了他。那天晚上，我们拥抱在一起，甚至还高兴得哭了起来。"

在谈话过程中，我发现若卡也认识我的叔叔西芒，他们曾一起坐火车去荷兰。

"20世纪60年代初,一些佛得角人借宿在位于黑人井路152号1楼达玛蒂娜的姐妹若阿齐娜女士的家里。1963年2月,我、你的叔叔、辛辛·圣地亚哥、儒尼奥尔、维森特、托伊·洛佩斯·马拉组成了一个小分队,每人带着自己的午餐从那里出发,在桑塔阿波罗尼亚火车站搭乘前往荷兰的火车。

"在昂达伊,我们得换乘火车,趁着换乘的间隙我们购买了补给,但没有人会说法语,后来我才发现大家在汇率换算上被当地商人欺骗了,于是我回去找那些商人要回零钱,我的法语和加利西亚语让你的叔叔西芒吃了一惊,当时我对那些商人说:'你们没有提供诚实的服务……'"

若卡和我叔叔后来继续在荷兰货船维纳斯号上做伙计,在欧洲各地航行了21天。

"有一个来自科西嘉岛的监工,他在走廊上轻轻地敲门,叫醒欧洲水手们去工作。当他到佛得角人的船舱时,则会用拳头用力敲打门板,他知道我们的头就靠在门板后面。我跟其他同伴说:'走着瞧,迟早我会收拾他的。'有一天在汉堡港,我已经做好了准备,当他准备再次用拳头敲门板时,我走出船舱,当场给了他一拳,他当时大喊:'你为什么打我!'那天晚上,他给了我一瓶杜松子酒,这是军官们的开胃酒,我们水手是没有资格喝这种酒

的。之后，他转向我说'我们之间没有任何矛盾，不是吗？'

"你知道，"他继续说，"无论我在哪里，都不允许别人欺负佛得角人。我离开公司的那天，船长跟我说：'仔细想想你正在做什么，如果我把你刚刚签署的文件交给公司，我们将失去最好的厨师，而你的伙伴们则将失去一位他们的领袖。'我当时已经是主管事，是第一批在荷兰公司获得烹饪文凭的佛得角人之一。我的意见对任何船长来说都非常重要。

"有一次，从坂井市到墨尔本的太平洋海域航行中，我们在日本北部遇到了恶劣的天气，我们的正常速度是每小时18英里，但由于遇到风暴，我们在24个小时里前进了不到5英里。在这期间，我们的无线电报务员收到了来自一艘离我们40英里处正在沉没的船只的求救信号，我们要去救他们。船长把我叫去，问我储藏室里是否有够七个人的食物，我说：'没问题，我们还有五天的行程，会找到吃的'。

"除了是主管事，我有时还是船上的翻译：我会说意大利语、西班牙语、法语、希腊语、塞内加尔沃洛夫语和英语。我负责采购补给和供应，即使在比如苏联这些难以找到新鲜食物的国家，我也总能有自己的办法。"

在若卡的叙述中，我试图想象我的继父与金钱之间的关系，并去理解相册中的照片所表现出的自信。

VIII

"我、你的叔叔、皮奥和其他人去过很多国家。我们中的大多数人更喜欢美洲,因为那里的语言、音乐、食物、女人都让人感到更亲切,但在卫生方面给我印象最深的国家确实是日本。在那里,每个人都把鞋子放在家门口,我从未见过比日本人更安静的人了,除非是在运动,我从未见过他们奔跑。有一次,在大阪港响起台风警报声,所有人都立刻停下手上的工作,站起来快速离开,但没有人跑动。仅在日本,我就去过20多个城市。新西兰和澳大利亚也给我留下了深刻的印象,我们从那里运送洋葱到荷兰,在航行中,洋葱被装在专门的箱子里,舱室必须打开。每当下雨时,洋葱上就会聚集无数的苍蝇,几乎能把我们活活吃掉。

"在澳大利亚的一个小镇上,我看到警察暂停来往的行人和车辆,让一群甲壳动物通过。在加拿大,我们沿圣劳伦斯河而上,前往底特律和德卢斯,进行了一次奇妙的旅行。"

若卡改变了脸色,对皮奥的结局感到遗憾。

"皮奥不喝酒时是个好人。我可以告诉你,没有酒精时,他是个平和的人。我知道我在说什么,如果我没有在1980年1月20日做出戒酒的决定,我可能也不会活到现在。20世纪50年代初,当我们进入圣维森特的车间时,那里有一艘特殊的快艇,为停泊在近海的船只运送油料,无论我们怎么努力,发动机只有在它觉得合适的时候才会启动。

蓬蒂尼亚学校的学生称这个发动机为'随心所欲',这也是皮奥的人生格言。"

在我告别之前,若卡特意带我看了一张充气长椅,这是他1964年在东京买的,他把它放在阳台的走廊上,上面放着红色和白色的塑料花。

13

在卡皮泰因抵达非洲30年后，另一个非洲人也回到他曾经的海岸。

随着我们越来越接近阿尔加维的非旅游区，火车上的人也越来越少。当地乘客取代了外国游客，他们用自行车和要拉到市场上出售的货物占据了车厢之间的空隙。火车同外面豪华的避暑别墅、大理石墙面、柱子以及整齐的树木擦肩而过。无花果和角豆树在砖色的地面上延伸开来，接着是沿途起伏的郁郁葱葱的橘子林。两个荷兰孩子已经睡着了。我转过头，看到他们的父母安静地坐着看窗外的风景。他们的金发强烈地反射着穿过窗户的早晨的阳光，就像爱德华·霍普[1]的画作一样。

安东·威廉·阿莫回到非洲的原因要比卡皮泰因的简单得多。

他关于奴隶制的想法与卡皮泰因的完全相反。阿莫比

---

[1] 美国绘画大师，以描绘寂寥的美国当代生活风景闻名。

他的同胞大13岁，他也牵挂黄金海岸的非洲兄弟们，但他的心始终留在欧洲。这两个非洲人的生活和他们在欧洲大学的经历是18世纪中一个非凡的充满惊喜的巧合。

阿莫1703年也出生在黄金海岸，但与卡皮泰因不同的是，他从未做过奴隶。4岁时，他的父母同意他被荷兰西印度公司的荷兰人带走，但目的是让他在荷兰接受教育，然后作为牧师回到非洲。然而，由于难以找到抚养这个男孩的荷兰家庭，公司便将其交给了德国布伦瑞克-沃尔芬比特尔的安东·乌尔里克公爵，而乌尔里克公爵后来将阿莫交给了他的儿子奥古斯特·威廉。安东·乌尔里克公爵是一个古怪的人，话语不多，但对艺术和科学充满热爱。

年轻的摩尔人阿莫在沃尔芬比特尔的城堡小教堂里接受了新教徒的洗礼，采用了安东·乌尔里克公爵的名字。但与卡皮泰因不同，阿莫没有留下任何书面传记或印有他宏伟形象的画像。关于他的生活记事完全是基于瑞士荷兰人大卫·亨利·加兰特的日记和笔记，他在1753年作为一名船上的外科医生到访了黄金海岸的阿克西姆地区。

30年后回到家乡的阿莫，既不是荷兰归正会的牧师，也没有把神的话语带给他的异教徒弟兄们。或许，他自己都没有意识到他在欧洲哲学史上所占据的位置。在他年轻时，哲学就取代了他的传教之路。多年来，他受益于他的贵族赞助人提供的不间断的奖学金，他们对阿莫的进步也感到十分欣慰。雅各布斯·卡皮泰因不太可能听说过这位来自同一非洲海岸的，在离荷兰不远的哈雷·维滕贝格和海姆斯代特大学学习的黑人学者。

/

阿莫在接触了克里斯蒂安·沃尔夫后，明确地放弃学习经文。

这位德国人是启蒙运动潮流中最著名的自由思想家之一，他反对教学的世俗化，推崇经验和研究，这使他在大学保守派眼中成为不受欢迎的人。沃尔夫的反教会主义和深刻的人文主义对年轻的阿莫产生了巨大影响。

他的第一篇论文是在司法学院的彼得·冯·路德维希教授面前答辩的，题目是《欧洲的非洲人法律》。阿莫以欧洲文明的论据和罗马文明的文化遗产来捍卫在欧洲被奴役的非洲人的权利。当提到罗马的文化遗产时，阿莫提请注意罗马帝国给予作为罗马附庸并生活在其法律之下的公民特权和豁免权。

非洲人民同欧洲人民一样享有同等的权利。非洲国王是罗马的附庸，其地位由罗马皇帝，包括查士丁尼授予。每当一个新的皇帝上台，会延续与非洲国王的联系，并承兑其在罗马帝国的附庸地位。因此，他得出结论，购买、出售和奴役非洲人违背了罗马法所保障的个人不可侵犯原则。

阿莫还更进一步地唤起了欧洲人对基督徒现况的反

思，他们自豪地将基督教扎根于查士丁尼等罗马基督教皇帝。因此，阿莫的结论是，非洲人在欧洲的被奴役不仅违反了人类法律，也违反了宗教规定。

1734年，他在维滕贝格大学完成了另一篇论文的答辩，这次除了授予他科学硕士和哲学与艺术博士的学术学位，还给予他更高的社会地位。这位黑人哲学家在《人的思想无欲》中探讨了情感和感受能力在思想中的缺失，以及它在有机系统和人体中的存在，与迪卡儿倡导的一些原则相抵触。

阿莫回到非洲海岸拜访家人，告诉他们自己投身哲学而非上帝。他说与之前的说法相反，生理过程是相当机械和自动的，根本不受灵魂的影响。安东·威廉·阿莫除了是克里斯蒂安·沃尔夫政治思想的追随者外，还出版了《清醒的艺术和准确的哲学》，其中他以机械的方式反思了思想的本质，试图对各种知识进行分类和逻辑批判，然后展示哲学与其他学科的关系，他将其分为逻辑、本体论、圣灵学、伦理学和政治学。

随着他的导师彼得·冯·路德维希的去世，阿莫决定放弃一切，回到非洲。

在离开非洲30年后，阿莫回到了阿克西姆地区，他的父亲和妹妹当时仍然活着。他作为欧洲第一个黑人哲学家很快就在非洲当地人中获得了圣人、智者的名誉。加兰特医生在1753年遇到了他，根据这名医生的记录，这位哲学家最后离开了阿克西姆,去了位于圣塞巴斯蒂安·德·查马的荷兰西印度公司的城堡,于1760年在那里去世。但更有可能的是,阿莫是在违背自己意愿的情况下被荷兰人监禁在这个城堡中,因为他关于奴隶制的思想在当地群众中产生巨大的影响,引起了殖民当局的注意,这也是阿莫离开他父亲和妹妹居住的阿克西姆地区,到一个满是荷兰奴隶主的城堡里生活的唯一合理的解释。

14

在阿尔图尔·帕斯托尔的照片中,有一条狭窄的街道,两旁是单层和两层楼的房屋。

阳光下,七个孩子在地上玩耍。

另一边,在阴影下,一个男孩坐在一张木凳上。一名身穿黑色连衣裙、头上戴着黑色围巾的妇女怀抱着一名婴儿。她站在门口似乎与屋内的人在交谈。

街道的尽头,两名男子与一名扭过头的男子说话,旁边坐着六名儿童。这张照片发表在1948年至1950年间出版的《我国家中的女人》一书中,由玛丽亚·拉马斯撰文。这张照片的重点是那个直视帕斯托尔禄来相机的女人,她手撑着墙壁,脸上似乎散发着光。

这张照片拍摄的是奥良渔民居住区的日常生活场景,是帕斯托尔在20世纪40年代环游葡萄牙时拍摄的一组图片之一。

© Arquivo Municipal de Lisboa

我来到这座城市是出于一个原因：1967年，我母亲的挚友之一米其那·德杰纳搭乘一艘阿尔加维的拖网渔船离开了萨尔岛的佩德拉·卢梅港，他最后在这个葡萄牙南部城市的一个渔民区组建了家庭。我记得在我家见过他两三次，他和蔼可亲的笑容和友好的态度令我印象深刻，他带我们去甜食店，让我们随意挑选甜点。因此，当他在退休前的几个月突然在海上失踪时，大家都感到非常震惊。

来自岛国的渔民米其那与阿尔加维的渔民生活在一起，这同美国的情况相似，当时在新贝德福德或普罗温斯敦捕鲸船的船员中，佛得角人和亚速尔人占据了很大一部分。有趣的是，来自这个历史小镇的佛得角移民的女孩们拒绝与他们的非裔美国邻居来往，并且她们牢记自己的出身，只要在必要的场合，她们就表明自己是葡萄牙人。

就像詹姆斯·鲍德温后来所说的，移民到达这片应许之地要付出的代价：成为"白人"，在对美国的承诺中忘记自己的种族差异和出身。

/

米其那·德杰纳据说在奥良认识了曼尼·佐拉，他在佐拉经常光顾的港口旁的咖啡馆听到许多美国东海岸佛得角人的故事。

佐拉，1895年出生于奥良，是肯尼迪家族的亲信之一，后来成为普罗温斯敦的一个传奇人物，好似杰克·伦敦[1]小说中的人物。

据说，他为约瑟夫·肯尼迪提供的一些服务并不合法，在肯尼迪的要求下，他还教肯尼迪的儿子约翰航海。在禁酒令期间，他被美国海岸警卫队称为"海狐"，因为他从未被抓住过，但所有人都知道他从加拿大向美国走私酒水。佐拉与当时在普罗温斯敦度假的传奇人物们保持很好的关系，如剧作家尤金·奥尼尔在他的三部曲《哀悼》（1931年）中以佐拉为原型创作了葡萄牙捕鱼船长乔·席

---

1 美国现实主义作家，代表作有《野性的呼唤》《马丁·伊登》等。

尔瓦。佐拉也是演员和歌手伯尔·艾夫斯、伊丽莎白·泰勒和埃迪·费舍尔夫妇的朋友，在他们的蜜月旅行期间，曼尼·佐拉用自己的帆船带他们出海。

当与诺曼·梅勒[1]一起时，他喜欢边喝威士忌边讨论钓鱼的艺术。他甚至让美国作家相信，他有一个特殊的鼻子，可以探测到公海里的鱼群。在当时的照片以及菲尔·马利科特在1955年为他拍摄的照片中，他面容凝重，一副拒人于千里之外的表情，皮肤被太阳晒得黝黑，鼻子很长，浓密的头发都梳到脑后。

认识他的人说他有一双巨大的手，正常人很难扳动它，对他来说，在海岸边划动巨大的船桨根本不在话下。佐拉是一个没有什么感情的人，人们要么爱他，要么恨他，但据说大多数女人在见到他之后，最后都会爱上这个葡萄牙人。与其他移民不同，他不去教堂。当他不出海的时候，他最喜欢去的地方是塔夫小船厂，人们经常看到他在那里对海马号帆船进行最后的修整。

作家斯科特·科比特在《海狐：鳕鱼角最传奇的酒水走私犯冒险的一生》（1956年）一书中对他的非凡人生做了精彩的描述，并在《芝加哥论坛报》上做了三栏式的文学评论，同时"码头剧团"把阿瑟·罗宾逊根据他的事迹改编的戏剧《星期五的鱼》搬上了舞台。

---

[1] 美国著名作家，国际笔会美国分会主席、美国"全国文学艺术院"院士、"美国文学艺术研究院"院士。

当看到斯宾塞·屈塞[1]在《勇敢的船长》中哼唱葡萄牙语歌曲时，佐拉说他非常清楚好莱坞制片人的灵感是来自于谁。

1910年，当佐拉来到普罗温斯敦时，当地4200名居民中有三分之二是葡萄牙人，其中包括150名奥良人。葡萄牙群体由亚速尔人、大陆人和佛得角人组成。

20世纪40年代，佐拉开始参与政治，支持进步党候选人亨利·华莱士竞选美国总统，并在东海岸的几个城市为他拉选票。后来，他第一次登上飞机前往华盛顿，为他的城市宣传深水港项目。据说在与这位葡萄牙人进行了一次艰难的会谈后，来自俄亥俄州的共和党参议员罗伯特·塔夫脱说，可以从他的声音中闻到盐的味道。

20世纪60年代初，佐拉同女儿玛丽·海伦告别，回到了奥良。在当时拍摄的一些照片里，他和朋友一起在阿莫纳岛散步，或者坐在餐厅的餐桌旁，也许在讲述他在大萧条和黑手党时代的冒险经历。

在这个小镇上，人们总能看到他在商业咖啡馆和多瑙河咖啡馆里的威严身影。晚年，他娶了一个表妹。后来维拉·拉戈亚和巴普蒂斯塔·巴斯托斯这两位记者找到了他，并记录了他最后的想法，其中他谈到了美国的生活、金钱以及饥饿如何成为一个人的好伙伴。

---

[1] 美国电影演员。

1979年,他于84岁时去世。在奥良公墓墓碑上的小椭圆形相框中,他的最后形象是一位穿着西装、打着领带、皱着眉头的老人。他的目光,无所畏惧,是典型走私惯犯的眼神。

IX

我们自然地接受他对死亡的轻视,他危险生活中的风险。

我回忆他的放纵、酗酒、抽烟,以及他对渴望和感情的特殊理解。

我的继父是一个有心的人,但同时他又不知道如何表达爱。我经常想,他与我母亲的婚姻对他来说是一种救赎,还是某种预示的灾难。从若卡家回来后,我脑海中的他是一个脱离物质生活的人,不被金钱或财产所束缚,而正是这个特点让他获得了其他人的喜爱。他的生活仿佛被一条绳子牵着,就像牵着一头野兽一样。也许他是出于怜悯才娶了我的母亲,并最后像爱上其他女人一样爱上她。他觉得他比我母亲更优越,所以总是带着嘲笑的口吻回答她的问题。在喝了不到半瓶白兰地后,他就会开始向其他人谈论他被人误解的品质。

在他喝酒后,我能看到他内心直接反射出来的永久、冲动的反叛和固执,这些体现在他一些荒谬的想法中、寻找真理的方式中、抵抗和保持自我真实的过程中。但第二天早上,在他周围则见不到任何勇气的迹象。相反,我们看到一个男人穿着拖鞋走向浴室,从一个痛苦和不安的夜晚中解脱出来。他顽固、模糊的姿态,仿佛他在一个越来越窄的空间里,一直在寻找一种奇怪的、模糊的自由。

他朋友不多,感情善变,对食物不怎么挑剔。他被不可抗拒的欲望所驱使,想要拥有而不是建立一个家庭,他像雾夜中陌生港口里的一艘船闯进了我们的亲密关系中。家是一个可以躲避海上恶劣天气和无尽地平线的地方。他是一个为达目的可以做任何事情的人,未来的某种可怕威胁总是笼罩着他,他的脸上仿佛带着一种巨大的恐惧。但到最后,我母亲的有限空间化解了他迸发出的所有能量,她用她的道德和伦理感化和制止了他的危险行为。

几个月的时间,他的形象和存在会逐渐消失在我童年的日常生活中。在接近年底的时候,他回到家里,于是我对他的印象又会变成具体的形象。通过新唱片、萨尔萨舞、昆比亚舞和恰恰舞的声音,可以立刻判断出他的存在。这些声音在早晨就回荡在房间里,像光的河流一样沐浴着欢乐。他周围的所有事物在他的磁场面前突然变得渺小。也许,这是他做出的巨大努力,像大家所期望的那样生活,或像我们所期望的那样生活。组建一个家庭是一场最浪漫和不可预测的冒险。但在他出现时,我们已经有了自己的家庭。他也会有自己对家庭的诗意表现,他甚至试图重塑一个童年的避难所，和实施某些关于家庭的理念。但在他内心深处，他根本不是一个以妻子和子女为中心，或能沉浸于美满家庭生活的人，至少在我从儿童到青少年的过程中是这样的。在里斯本上岸几周后，他又开始收拾行李。

他的职业是德国货轮上的厨师，这完全满足了他绝对自由的天性，让他能够自在地眺望海浪和星星，他的梦想是成为船长，不用再去思考葡萄牙语中晦涩的单词。我仍然可以想象出他是如何敞开心扉地在地平线上航行。

作为一名厨师，应像园丁或图书管理员一样，需要思考除自己以外的事情。不必为此成为一个诗人，只要有良好的道德。当我12岁翻阅《奥德赛》和《尤利西斯》时，他是我想到的第一个人。在我看来，他是唯一有能力在古代生活并能面对雷霆和海上风暴的人。他的伊萨卡岛是我们的家，他将作为国王回到这里，即使要历时三个月。特洛伊不过是他每年战斗九个月所经过的海域。那份赞美人类顽强和坚韧的第一份记录，西方文明史的根源，也同样适用于他，我从来没有把他看作一个凡人。

一天早上，当我下楼时，我看到他在楼道门口和一个吉卜赛人说话。那次相遇有一种超现实的感觉。我知道他们没有注意到我的存在。我坐在楼梯的台阶上，在逆光中看着他们。吉卜赛人从他的口袋里拿出一个用布包着的东西，交到他的手里。他像一个军事专家一样检查这把小手枪，然后又用布包好，放进裤兜里。他从另一个口袋里拿出两三张纸币，这些纸币立即消失在吉卜赛人的手中。从那天起，我明白像他这样的人的生活是由这些情节所组成的。在疯狂和悲剧中，仍然可以创造出诗歌。

把黑夜变成白天的巫术，抹掉颜色，就像有人吹灭了蜡烛。

/

我从未想过要在他奇怪的生活方式下思考生命、过错和责任。

他的反抗有许多过激行为，他是他自己陷阱里的受害者，尽管他的反抗可能是对家庭生活的一种反应。另一方面，他的行为揭露了一个人的两面：玩世不恭、骄傲、讽刺，同时又善良、敏感、慷慨和怀抱梦想；对世界敞开胸怀，同时又把自己封闭在孤独中。

20世纪80年代末，当他拄着拐杖离开汉堡的医院后，像彻底地变了一个人。在一个寒冷多雾的下午，一辆不知从哪里冒出来的汽车，把他撞倒在人行道旁堆积的雪地上。天意以一种可笑而仁慈的严厉方式对他下令，让他一个醉酒之人得以在车祸中活了下来，但将留下后遗症。以前他会坐在阳台上看着下面经过的葡萄牙女人，评论她们丰满圆润的臀部，有时他还会向追打我的男孩们展示他文身的手臂和来自达纳基尔沙漠战士的假发，而这之后，我的继父只会一动不动地听别人说话。

他无法提醒发生在自己身上他自己也难以理解的变化。笼罩在他身上的沉默是来自一个害怕说话的人的坦白，一个会淹没在话语中但拒绝伸手的人。这一切都与他对人和生命的看法无关。毕竟，这一切不过是生命中的一个小插曲。

一个人无法避免他未来的灾难和失败。

也许他在沉默中试图重构一个他能理解的真相，而当时伴随他的阴影不过是对他存在的怀念。在卡帕里卡海岸吃午饭，是他唯一一次和我们一起去海滩，他起身下海，甚至还没有完全消化完食物。我母亲试图劝阻他，但徒劳无功。几分钟后，我们看到他回来了，像往常一样笑着，抽着他中意的烟。仿佛他是在向死亡和命运的逆境发出挑战，脸上还是挂着那张快乐和悲伤并存的面具，这是他活着的标志。

海，有时也纵容自我毁灭的冲动。

我想知道他是否在有意找一条出路，以摆脱他自己。他是一个被自己漂泊和迷失生活放逐的人。尽管他性情暴躁，幽默感不强，我的母亲却把他梦想成她整个人生的伴侣，并做出了许多让步，让他融入我们的生活之中。很快，她也成为唯一能对他产生心理影响的人。她会用简单的方式来表达对他的情感，一种因纯粹自由而产生的温柔。

我和他的关系随着时间的推移而发生改变。但这是徒劳的，因为到最后，人们会从我们身边溜走，就像时间从我们的指间流过一样。这并不是道德上的判断。人们活着，像植物一样生长，并尽可能地生存下去。他们在生活中的抗压能力似乎远远超出了想象的承受范围，他们对周围的事物有超强的意识，他们别无选择，只能接受自己的痛苦。

我继父的勇敢表现在一种自由搏击中：他抓住我的跟腱，通过膝盖后面，将我背对着地面扔出去。这是他最喜欢的把戏，没有人能够躲避。然后他会伸出手来，把疲惫不堪的我拉起来。这个把戏持续了好几年，尤其是当我违反一些规则时就会发生。这是他向我表明谁是家里管事的一种方式。然后，他会进入卧室，拿出两个铁弹簧来训练自己的手臂和手腕的肌肉。他做得如此轻巧，以至于他对自己的力量感到十分满意。做了三或五次练习后，他就会把弹簧交给我练习。

当我15岁时，身高有1.77米。当他再次试图用他的右手够我的腿时，他发现我可以将他打倒，最后比赛以技术平局的方式结束。在这个过程中，他可能肩负着一种教师或教练的责任，而这种责任仅仅是出于友谊而已，他必须将这些技能传授给别人。

/

我当时太年轻了，不知道虚度的重量。

我们喜欢在别人身上投射不加掩饰的阴影。

也许是因为离得太近了，以至于无法真正了解他。但即使是一个孩子也能看到人身上的善比恶多。

他每年随着12月的第一场寒潮回来，然后在2月底离开。黎明时分，他像一个幽灵一样走进我们的房间，亲吻我们的额头，仿佛他早已离开了，剩下的不过是一个简单的记忆，就像他前一天的香烟味，在房子的角落里被冲淡。我总是假装在睡觉。要喜欢上一个人，就必须把自己的一部分交给那个人。

IX

除了我12岁时他给我的一台计算机,我从来没有发现他对我有什么期望,甚至我也不确定他是否对我有过任何期望。在一场足球比赛中,我盯着看台,希望他能遵守承诺来看我的比赛,但最后我发现他的承诺只对他自己有效。

我不再是从阿米莉亚·德梅洛号上被他带到里斯本的那个孩子了。现在的世界更加快乐和光明,没有恐惧、苦恼或心悸。描述一个人有可能同时会暴露出我们自己的人生观,然后陷入一种微妙的境地,像是场个人实验。谈论我们自己,也是发现他人。

在暴风雨的日子里,他回到他摇晃的厨房里,回到橱柜里的锅碗瓢盆中。我的母亲总是在傍晚,在火上放上佛得角炖菜后,开始给他写信。他仍然是她舞台上的主演。他在船舱里写下语法混乱的半打句子是她可以想象的最遥远的事情。

1980年6月5日,泽西岛

我心中难忘的爱人纪塔:

首先,我希望收到这封信的你健康。感谢神的恩典,我对你的思念没有尽头。我收到了你的信,因耶稣基督的恩典,我很高兴你一切都好。我看了这封信的所有内容,我没有任何过错,你问我为什么没有寄钱,我每个月都让人寄钱回去,上岸后我已经打过电话了。我知道你在为一些不是我的过错而对我生气。我的爱人,写信给我母亲,让她尽快把那份文件寄过来,这样我就可以拿到护照了,同时也写信给我父亲,看他是否能尽快寄给我,请帮我一个忙。亲爱的,每天我都梦见你,但最后发现你离我如此遥远,我回到床上,找不到你,我很伤心,远离妻子的男人是如此的悲伤。如果在里斯本我有工作,我就不去海上航行了,但我现在必须在海上漂泊。亲吻你,亲吻我的孩子,向你的母亲和姐妹以及所有朋友,向所有问起我的人问好。

我爱你至死,我一直非常想念你的爱。

你的爱人

许多年后,甚至在他们离婚后,我母亲仍然允许他继续住在阁楼的一个房间里。

我最后一次见到他时,他正裹在一条毯子里,很瘦,非常瘦,近视眼,颧骨突出,头发稀疏。他下楼只是为了吃我母亲给他留在餐桌上的三餐。吃完饭后,他又会上楼,穿过走廊,把自己锁在房间里。他们几乎没有任何交谈。

我走进他的房间后,听到他关于健康状况的咕哝声。有一股令人作呕的味道,混合着浓郁的汗水、酒精和烟草的味道。这让我想起了市中心建筑拱廊下的流浪汉。烟草的臭味与威士忌和白兰地的味道混合在一起,笼罩住一切:墙壁、窗帘、倾斜的天花板、床垫、被褥和椅子上的衣服。

无处不在的味道。

床下的地板上散落着好多个空瓶子。气味里有种我无法辨别的味道。它非常强烈,不可溶解,与酒精和烟草混合在一起。强烈的气味像一只愤怒的动物一样穿透了我的鼻孔。我捡起瓶子,把它们放进袋子里扔掉。我弯下腰,再次闻到了它的味道,现在它更加刺鼻。

"看着我。"他对我说,试图唤醒他曾经的不安,"你妈妈把我关在这里,多么残忍!"

我关上了门,走在走廊上,思索我刚刚听到的事情。

我很难过看到他现在披着病痛的皮囊。他几乎一生都是世界公民,是个叛逆者,现在却禁锢在自己的生存悲剧中。这让我想到一个被偷走全部想象力的人,这是彻底的残缺,他无法再给予和接受任何形式的爱。这位厨师水手所有还没讲述的故事,他在去过的港口酒吧和俱乐部里的冒险,我将永远都不会从他口中听到。他没有在这些故事中看到或寻找自己的影子。无论我多么想让他跟我诉说,但到最后,我们还是不可挽回地分道扬镳。就像远处的火山爆发一样,我听到了一阵剧烈的咳嗽,越来越深的咳嗽,仿佛他随时都会爆裂。我问自己,尼采在多大程度上是正确的,我是否真的能够在我的余生中同时做好一个儿子和父亲。

我下楼走进客厅,当我的目光与母亲的相遇时,我的大脑终于辨认出房间里刺鼻的气味是什么,那是尿液的气味,我也立即意识到,那天被不可挽回地破坏了。

15

我对渔民居住区的建筑特别感兴趣,尤其是这些透着神秘感的庭院、小巷和狭窄蜿蜒的街道。

这些房屋像是重叠的长方体,外墙刷着白漆,有平坦的露台和蓝黄的线脚。我承认在巴瑞达区,我有种像在家般的自在感觉,仿佛我一直都居住在这些带着露台、阁楼、塔楼和阳台的房屋里。

"巴雷塔"或"奥尔哈纳",我喜欢在这些街道里迷路。每当我暂时失去方向感时,就会感到一丝幸福。

现代城市是单调乏味的,一切都是直线,所有东西都在它既定的位置上,很少带着情感,也没有笑声或惊奇,城市里,人与人之间的交流和接触几乎变成了虚伪的行为。但在这里不是,它是一个由古老人类建造的城市。

这里正如劳尔·布兰当[1]在1924年所描述的那样:"立方体、几何线条和像蝉翼一样颤抖和振动的光线。"

---

1 葡萄牙军人、记者和作家。

在人们的记忆中，布拉克和毕加索都没有到过奥良。从理论的角度来看，他们创造的艺术与这个俯瞰法莫撒入海口的城市内流行的建筑没有任何关系。通过楼台，奥良在水平方向上获得了更多自由发展的空间，人们用铺着瓷砖的阳台取代了屋顶。阳台上，晾晒着鱼、玉米和水果，在炎热的阿尔加维夏季夜晚也可以在此呼吸新鲜的空气。在镇上其他更垂直的街道上，街道旁是带有窗门和石雕的简单房屋外墙，深处是厨房和后院，也能遇到带着尖屋顶的单层房屋遗迹，它们更接近于这个地区的传统建筑。我穿过蜿蜒、阴暗的庭院，想去探索外墙之后的院子。

最初渔民区的建设像是阿尔加维的麦地那，狭窄的街道蜿蜒于房屋之间，让人联想到北非的居民区。在炎热的夏天，由于建筑物挨得很近，街道因晒不到太阳而能保持凉爽。居民们就像在大西洋岛屿上一样，坐在门口的长凳和椅子上聊天。我趁机瞄了一眼他们的房子，里面有客厅和连接客厅与卧室的小走廊、厨房以及深处的后院。城市右边是最近开业的新五星级酒店，试图吸引英国和德国的游客来到这里。奥良曾有80多家鱼罐头厂，鱼罐头厂雇用了当地绝大部分的居民，但多年来这些鱼罐头厂散发出来的气味让游客们望而却步。

人们在几乎没有自然光和通风、没有污水处理或卫生设施的棚子里工作，他们把鱼清洗干净、去头并装入罐头，每个罐头净重125克，然后在殖民战争期间销往英国、法国和非洲的前葡萄牙殖民地。这个行业的全盛时期是在第一次世界大战期间，当时鱼罐头厂的老板靠这笔生意建造了许多豪华的建筑，这些建筑还带着一些有趣的艺术细节，在城市里随处都能找到。在小镇东边的渔港旁，新厂区中间还保留着一个鱼罐头厂。

米其那·德杰纳居住的渔民区非常贫穷，街道一片混乱，里面的居民皮肤呈深色，神情绝望。毛发浓郁的年轻人在光秃秃的树干间踢球，或者骑着自行车到处飞驰。这里的贫困程度令人震惊。我突然意识到我不知道他的真名，因为米其那这个在佛得角非常普遍的小名，可以被例如马科斯、阿米尔卡或任何其他名字替代。这里，人们从来没有听说过这个名字，很可能米其那·德杰纳是用他的真名在葡萄牙生活。

他们都是贫穷的渔民家庭，因为近年来受到经济危机的沉重打击，几乎所有人都是靠政府的补助才得以生存。

我返回时途经莱万特区，穿过由黄色、粉色和米色外墙的资产阶级建筑组成的街道，以及当地富商在20世纪初建造的豪华院落。街道寂静无声，仿佛所有居民都在深深的睡梦当中。一对对游客从我身边走过，他们流连忘返地欣赏和评论这些房屋外墙的美丽，赞扬那些不知名的建筑师在普遍贫困的国家中建造出这些端庄而独特的建筑。傍晚，传来孩子们的哭声和笼子里鹦鹉和其他鸟的叫声。一些巷子上挂着小牌子，上面记录着几十年前的某个胜利或荣誉。当夜幕降临时，我来到入海口的一个花园里坐下，从那里欣赏库拉特拉岛的城堡和其他小岛。在暮色的涌动中，海边闪烁着出租车的车灯，它们载着姗姗来迟的游客回城。

远处，岛上的灯塔投射出耀眼、闪烁的光芒。附近，我看到打闹的儿童，以及在父母的陪伴下，在温暖的夜晚迈出人生第一步的婴儿的剪影。我还听到一个吉卜赛人的父亲用嘶哑、威严的声音命令收起晾衣绳上的衣服。大一点的男孩利用一天中最后的光线在游乐场里玩耍，或者骑着自行车穿过花园。

夜幕很快降临，码头的水面笼罩着一层黑色的光辉，最后一艘前往岛屿的渡轮已经停泊靠岸。突然间，一切都变得异常的平静和安宁。

X

他们从未想过在里斯本生活，我也从未想到过我们的老街区会在21世纪初迎来更多岛国的居民。我偶然间发现这些新的移民也在我曾经试图找寻过去轮廓的街道上徘徊。跟随他们的脚步，分析他们在寄宿公寓附近的轨迹和不适应的姿态，就足以猜出他们在此生活的故事。

他们让我想起我们到来时的场景。

但与他们不同的是，我们并不是来里斯本求医。他们中有的奄奄一息，已陷入灵魂的绝望中。

他们来到此有的是因为意外，有的是因为绝对与偶然的结合，如细胞突变，细胞用其极强的生命力来显示出人体的不完美。衣服的颜色沉重且忧郁，挂在房间的墙上，旁边是印有圣母和基督形象的日历，床底下的行李箱上布满了灰尘。在其他房间里，一个铝锅或平底锅躺在角落里，衣服和毯子堆在金属橱柜上。

病人极度虚弱的身体拖着瘦长的剪影穿过走廊，填补了颤抖的空虚日子。一些病人的桌子上放着他们孩子和家人的照片；另一些人的篮子里放着食物：几盒果汁、酸奶、饼干、面包和黄油；也有一些人有收音机和电视机。傍晚，其他病人通常会聚集在一起观看足球比赛和肥皂剧，以唤起生活中失去的诗意，哪怕只有短暂的瞬间。

其中一个楼层的走廊地板破损，正在修理，不知道什么时候完工。周围没有任何形式的安全防护，每个人都在抱怨恶劣的卫生条件，以及卫生和制冷设施的缺乏。有些人甚至看到老鼠在床下和走廊里流窜。一个病人拿着一个装着蟑螂的透明塑料袋经过我身边，我问她要干什么，她说："我要让我们的大使馆看看我们在这里的生活条件。"

新来的人似乎悬浮在两个世界之间，试图融入他们所进入的新人类空间。在那些已经在这里住了十多年的人眼中，能轻易地看到生命的凋零。他们在卧室、厨房和客厅之间徘徊，或者在昏暗的走廊里行走，但住在里面的孩子们仍然有旺盛的精力玩耍。在这座奇怪的城堡里，大多数住在里面的成年人都不为外面的人所知，他们每周接受两到三次血液透析，等待肾脏移植手术。这是他们人生中最漫长的道路。这里还有患有心脏病或癌症的儿童、畸形的婴儿，他们的母亲在这里负责照顾。

天气好的时候，一些病人在房子后院做饭。团结是一致的规则，特别是与来自同一岛屿的人。但是当涉及竞争和冲突时，大家则立刻撇清关系。每层楼只有一个卫生间，供20多名病人使用，还有一个炉子和一个冰箱。食物经常消失不见，晾衣绳上的衣服也是如此。

有时我给喜爱相片的孩子们拍照，他们太天真了，根本不知道自己的病情有多严重。照顾他们的团结协会发明了一些娱乐项目和主题活动，带他们走出病房。但我们都知道，这些只是权宜之计。有的母亲甚至在离开岛国后的15年里都没再见过自己的孩子。

/

女人们更沉浸于家庭生活，即使已经处于治疗的晚期。

男人们默默地观察着聒噪的鸽子和其他人的周边事务。他们隐藏着无声的压抑，试图掩盖他们对未来的痛苦。阿尔辛度先生是最年长的病人之一，他来到这里是为了治疗心脏瓣膜。在附近的花园散步时，他告诉我，得力于严格的药物治疗，他的病情得到了控制，现在正在等待安排手术。

阿尔辛度总是穿着同一件棕色西装，这增强了他的威严。虽然他是一个矮小的男人，但优雅的西装和他缓慢的姿态与街道上的嘈杂形成了鲜明的对比，使他看起来更高大也更严肃。但在他的目光深处，可以看到他正在与无尽的空虚做斗争。他来自佛得角的圣安唐岛，是一个平和、开放和有礼貌的人。我在街道的另一边遇到他，他正看着商店的窗户和咖啡馆的人口，似乎试图了解里面人的行为和谈话。这是他日常生活的观察，也是他参与城市生活的方式：分析人行道上匆忙行走的人们、摇晃的邮递车、载着乘客的有轨电车和公交。阿尔辛度先生是个鳏夫。他告诉我，他有一个移民到罗马的女儿和一个十几岁的外孙女，但他只见过婴儿时的外孙女。

早期，他的女儿还给他寄钱，但最近她只在圣诞节期间给他一个简短的电话，说他们都很好。妻子去世后，女儿远在他乡，他的日子几近空虚。阿尔辛度跟我说，他把他的生命分为三个阶段：与妻子生活的时期，女儿出生后一家三口时期，以及现在的生病时期。其中最不重要的就是最后一个阶段。

也许真的是这样，在多年的积极生活后，有些人因为年龄或疾病而退休，然后迅速衰老。毋庸置疑，这里面包含着一种平静的妥协和温和的放弃。仿佛精力和行动能力已不再仅仅取决于个人的意志。阿尔辛度跟我说，人会突然丧失对自己精力和行动能力的控制。他现在的精力似乎更多地体现在语言和思想上。路上，他向我坦言，他发现只有生命和人类才是地球上真正的奥秘。近来，宗教信仰成为一种热潮，它会在你最意想不到的时候出现和离开。

男人们总是不好意思表露自己的需求，而女性在需要食物、衣服和药品时则会去寻找团结协会的志愿者。同时，她们也更大胆、更关心留在岛国的家人们。

X

一些老人在寄宿公寓的厨房里打牌，在笼罩着的悲伤中讲述他们的生活故事。其中一名打牌的老人脸部烧伤，让我想起了弗朗西斯·培根[1]笔下的一个人物。他的表情躲闪，行动粗野，这也许是因为疾病或田间的工作，甚至是由于压抑在胸中的绝望。有时，他对着手中的杯子用颤抖的语调轻声讲话，仿佛突然患上了短暂的精神分裂症。某一刻，额头布满皱纹和下巴消瘦的他又开始吟唱苦难。其他的人似乎生活在一个永恒的停顿中，只有桌上的牌在继续，他们仿佛在挑战虚无。

克劳迪奥先生70多岁，曾是名装船工。他不时地讲几句英文，好像还仍然生活在过去，这引来了大家的笑声。他在荷兰商船上工作了30多年，去过伦敦、利物浦、汉堡、哥德堡、纽约、马赛、加拉加斯、里约热内卢和桑托斯。他的故事活跃了病友们的下午，他们知道生命可能在某个瞬间就结束。尽管他刚做完一个复杂的肠道手术，但他仍然继续选择当一名不折不扣的烟民和阿连特茹红酒的鉴赏家。

我几乎总是看到他坐在厨房桌子旁同其他病人一起，发表看法，心情愉悦地度过他漫长人生的尾声。面对疾病，他有自己不同的生活节奏和处理方式。他会收到大使馆的津贴，据说他在圣维森特有不错的房子和车。上午，

---

[1] 英国著名哲学家、画家、政治家、科学家、法学家、演说家和散文作家。

他通常会停下牌局，穿上大衣，出去买一两份日报，他是少数能买得起报纸的人，然后坐在窗边看报。在此期间他会吃四种不同颜色和形状的药，这些药一天服用三次。在我看来，仿佛是这些药片让他保持良好的心情。

我听他引用科学的严谨算法来描述赌场中的赌博艺术。坐在机器前，凭借数学计算和投机思维下注，看着运气在眼前旋转。他总是用资产阶级绅士的滑稽语调对别人说赌场是为百万富翁和美女准备的。他仿佛可以控制稀少的独处时光，像铠甲一样随时脱下，再穿上，这是他过去的冒险和环游世界的经历所赋予他的特权。他像是看着别人的孤独、障碍或困难在这个寄宿公寓里生活。他不属于这个平庸世界，他能坦然地面对其他的病人、寒冷、老鼠、蟑螂以及拖延了一个多月的津贴。

新来此地的人几乎总是待在这个小世界的阴暗前厅里，期望能被一束超然的光芒所照耀。

当然，这些支离破碎的形象不包括儿童。当男孩和女孩们穿着五颜六色的衣服和鞋子在走廊里跑来跑去时，总会给走廊注入生命和欢乐的气息。他们的微笑和目光就像一束光，幸好，这束光还未被人类灵魂的阴暗所浇灭。大多数时候，孩子们是人们抬眼微笑的唯一理由。即使是最令人震惊的畸形，也被大家谨慎地保护起来，让我们看到残酷旁总有爱的存在。

X

/

路易斯·华盛顿在寄宿公寓的社会地位是毋庸置疑的。

他25岁上下，年轻并长相俊美，目光中透露着明显的自信，拥有迅速适应新环境的智慧。他身高中等，也许比大多数同龄的佛得角年轻人要矮。由于经常锻炼，他的身体很结实，身上散发着成熟和内敛的能量，这与其他血液透析患者形成鲜明的对比。当我得知他刚刚战胜了严重的白血病，便立刻明白了他身上正能量的来源。

一天下午，我看到他在走廊的一个角落里用手机聊天。这是我第一次看到他高兴地笑。但几天后，他在公寓楼梯上对一位年轻女孩说话时的专制和严厉态度让我印象深刻，当时他以干脆粗暴的方式对她吼了一句"不"。我思考他声音中的烦躁和严厉否定的含义。

后来，我发现路易斯·华盛顿在寄宿公寓同时有两段感情。

他在二楼的女朋友是一个叫桑德拉的年轻女子，已经怀孕三个月了。三楼的女孩娜尔兹拉就是他上次粗鲁吼叫的对象，当寄宿公寓里的人发现桑德拉怀孕后，他与娜尔兹拉的关系就变得断断续续和不太愉快。娜尔兹拉是一个拥有深色皮肤、性格阳光的女孩。她的动作里透露着一些紧迫，眼神里拒绝屈服，像是被逼到墙角的野兽。她似乎比她楼下的对手更大胆、更摩登，楼下的女孩在她之后很久才来的里斯本。娜尔兹拉对待感情炙热浓烈，正如她穿着的衣服、手臂上的手镯数量和大环形耳环一样。

在一次生日聚会上，我发现她坐在一个比她年轻一些、戴着墨镜的女孩旁边。尽管天气寒冷，但每个人都注意到她穿着牛仔短裤，肩带交叉在她裸露的后背。她的上衣露出深深的乳沟，丰满的胸部似乎想从上衣里面跳出来。她的头发上喷满了发胶，耳环、手镯、鲜红的嘴唇和黑色高筒靴组成了她一整套搭配。

有人调高了音乐。她起身拉起她朋友的手，走到房间中央。两人开始了缓慢性感的舞蹈，似乎两个身体通过扭动的大腿、臀部和肩膀在对话。其中的细节让我突然明白戴墨镜的女孩是个盲人。没过多久，我得知娜尔兹拉患有肾病和糖尿病。

两人在对方的耳边小声交流，脸上永远带着笑容。娜尔兹拉因身体缺陷一直重复同样的动作，其中一只脚几乎从未完全着地。然而，她是一个极具吸引力的女孩，她自己似乎也知道这一事实。因为对照相机的共同兴趣，我和她立刻建立起了联系。不难理解她对路易斯·华盛顿的吸引力。而这些难得的社交活动是她为数不多挑逗他的机会，她打扮自己，并从她引起的男性欲望中获得快乐。另一方面，在她复杂的个性中，有一种已经知道如何在缺失和屈服下去爱的态度。

X

她是一个美丽和性感的人，把接近她的男人拖入灵魂的痛苦之中。娜尔兹拉不像桑德拉那样害羞、克制和缺乏经验，她非常清楚自己性感的力量。

桑德拉有一种宁静、细腻的美，是个典型的乡村女孩，会在恋爱的时候羞涩脸红。她的穿着、长相和文静的性格形成了一种很好的平衡。我在她身上看到了她自身的诗意和温柔，这得到了寄宿公寓其他病人的一致喜爱。但在她的眼里，能看到失落和对已知结局的屈服。

这三个主人公各自能给对方提供什么？爱、性、安全感、梦想、自尊、骄傲？这种激情的三角关系能持续多久？来自岛屿的他们之间产生的这种爱情关系是多么的复杂，就像变幻莫测的调色板一样。当事人的争论、报复的态度、放荡不羁的行为，从普拉亚和明德卢尘土飞扬的街道一直延续到欧洲城市。

至于路易斯·华盛顿，这个心不在焉的花心男人，是伪装成好意的残暴，在魅力背后潜伏着攻击，在缺乏完整坚定的爱情下，坦率、纯洁和持久的性爱似乎对她们来说无法抗拒。我不打算评论流言中的是非、愤怒与爱之间的关系，也不打算分出谁是赢家和输家，这都是爱情里的奇怪组成，它们都存在于爱情这个特殊的逻辑中。

路易斯·华盛顿突然开始对我热情，这让我感到好奇。

他问我关于工作合同、居留证以及如何获得葡萄牙国籍的事，他把我看作是能够为他提供帮助的人。

我发现，最近一些以前的病人开始对他们在葡萄牙的未来产生巨大的期望。在批准出院后不久，他们就离开寄宿公寓消失了。他们没有证件，只能从事非法工作。他们尽一切努力留在这个新的国家，大多数人能在短时间内学会语言，然后开始找工作，无论其工资有多低。女人们更容易找到工作，主要是从事清洁或家政服务。有那么一瞬间，我以为路易斯·华盛顿一心要拿到合法身份是因为他还未出生的孩子，但没过多久我就发现，他对孩子并没有那么在意。一段时间后，他离开了寄宿公寓，也消失在城里。

/

一天早上，我看到卡西米罗面对门、背对卧室的窗户坐着。

带鲜花图案的绿色窗帘粗糙地挂在杆子的绳上，遮住窗户的一部分。窗帘有一边是松动的。穿透房间的阳光照射到他的背上，让他在早晨的寒冷中感到些许温暖。他用耐心、谦卑和坚定的表情迎接我们。他头上戴着一顶黑色的帽子，在黄色的高领毛衣外穿着一件深色的衬衫。当他挪动时，我注意到他的脸因手术而肿胀。

他很瘦，留着稀疏的胡子，从第一次与他接触开始，我就记得他的手很漂亮。他一只手拿着一本笔记本，另一只手的细长指间夹着一支笔，这很可能是文员或教师的手

X

指。他的眼神中透露出一种羞涩，这不是他天生的性格，更多是因为他的疾病。他的自尊应该不喜欢被人看到他现在所处的状态。在他身上有一种拘谨和细致的爱，一种来自圣地亚哥岛内地居民特有的气质。

另一个引起我注意的是拖鞋里那只肿胀的光脚。

卡西米罗认真地听着坐在对面另一张床上年轻志愿者的话。他用手势和头部的动作做出肯定或者否定的回答。当回答比较复杂的内容时，他就拿起记事本和笔，用整齐的笔迹迅速写下。

他刚做完气管切开术，用衬衫高领遮挡住喉咙上的绷带。我观察他美丽的笔迹，字体略微向右倾斜，"t"和"f"交叉处充满能量，仿佛是一把对抗空虚生命的宝剑和对分裂的隐喻。他的句子美丽清新，与他肿胀的脸上深陷的小眼睛形成鲜明对比。他的问诊和用药细节记录得非常认真，没有任何拼写错误。

他在纸上的叶子周围画了一些抽象的、几何的和拟人化的图案，让人想起学生们在课堂上的涂鸦。

卡西米罗在圣地亚哥岛内陆的一个城镇政府部门工作了20年。他的床头柜上摆放着一些书，他是唯一一个除了食物和衣服还能收到书籍的病人。我思考写作能在多大程度上帮助他对抗悲伤，帮助他抵抗日子中的痛苦和不确定。

当我们走下楼梯时，我想起了他写在纸上让我读的那句话，也许是为了回应我对他笔迹的赞赏："1975年我读四年级，那一年佛得角独立。"

/

本温多住在隔壁房间，虽然天已经很亮了，但他直到我们到了才醒来。

他坐在床上，转动身体和截肢腿部的凹陷处，揉了揉眼睛。年轻的志愿者询问他的健康状况，然后我们聊起了汽车。他今年20岁，他的世界里全是汽车。他曾在明德卢郊区的一个车间工作。现在他每天在房间的窗口看着街上来来往往的行人。审视未来也可以是一种清理思想的方式。我跟他说因为岛屿的气候和道路，尤其是满地的灰尘和海边的礁石，汽车很容易磨损。但他的结论是在里斯本，离合器和刹车之间的磨损更严重。

旁边的房间里住着阿尔琳达，她来自圣安东尼奥岛的里贝拉·达多何。我经常通过虚掩着的门，看到她躺在床上，盖着白床单，或者给门廊下花盆里的小仙人掌浇水。有时她沉浸在这日常行为中，似乎把她当下所有的幸福都凝聚在一个秘密的愿望里，并希望它永不结束。她在每天的重复中寻找快乐，而对我们来说，这显然十分单调。仿佛她能听到植物缓慢生长过程中发出的声音，看到上升的植物浆液，以及通过细胞网络输送的矿物盐。当她与对面的邻居，一个中年

X

埃及人开玩笑时，她的虚弱被幽默感和克制的笑声所填补。寄宿公寓的人都叫这个埃及人萨达姆，每月一次，他给这里所有的病人带来烤鸡、薯片和汽水。

尽管他的葡萄牙语令人费解，但他们之间还是能相互讲笑话，或者假装听懂彼此的笑话。阿尔琳达很瘦，她的美貌似乎在她的下颌骨和眼底之间慢慢溜走，就像另一个时代的画像。她大部分时间都把自己锁在房间里，沐浴在从天花板顶灯落下的无色灯光中。有时，她会被救护车紧急送往医院。

一段时间后，有人告诉我她去了佛得角，去看望她的孩子们。据说在她回到里斯本两周后，在某天的凌晨去世了。她包裹在床单中的形象一下子浮现在我的脑海中，似乎她提前就预演了在停尸房中的状态。那个埃及人随后也离开了寄宿公寓，再也没有人在这里看到过他。阿尔琳达不顾圣玛丽亚医院医生团队的建议，执意要前往佛得角。萨达姆帮她付了路费。她太瘦了，导致她当时带来的衣服显得非常宽松，穿上后就像船上的帆。于是萨达姆去市中心，给她带了三条裙子让她试穿。最后，她选择了一条白色和焦黄色的蕾丝裙。我想象着这两个讲述着如此不同语言的人之间的热情对话，分享双方的感情和价值观。也许他们能够告诉对方那些只能用心灵去感受的东西，而他似乎是她这最后一次抵抗疾病中的理想伙伴。他在这整段时间里表现出无可指责的慷慨，并用笑声作为她对抗残酷无常的生活的武器。

告诉我这一切的就是那个把蟑螂收集在塑料袋里送往大使馆的女人。我注意到她手臂上的瘀伤比上次更多。

"如果这里本来就不好，那现在，没有了阿尔琳达，就更差了，我们都会慢慢死掉，这个地方已经没有生命了。"

一滴眼泪从她憔悴的下巴上滚落下来，然后她走向走廊，在加拿大人的帮助下，拄着拐杖拖着腿往前走。在后院楼梯的门边，她沉思地看了一眼后屋的屋顶，那里有几只海鸥在盘旋。

/

何塞是团结协会组织的聚会和主题旅行中重要的气氛活跃者。

在前往法蒂玛圣母朝圣地的旅途中，他是大巴上最开心的人之一，也许是因为他最近在一个年轻病人的母亲珍妮弗身上重新找到了爱情。我站起来，看了一眼座位，准备好相机，一瞬间，每个人都在自己的座位上鲜活起来，大家都兴奋不已。他们做着鬼脸，张开双臂，露出灿烂的笑容，显示出一种不可熄灭的力量和突然的活力。他们通过镜头向佛得角致以思念。

他们中的有些人将继续活下去，而有的则将死亡。

在我们到达之后，我看着他们与其他朝圣者一起沉默地

X

前行，在信仰的大舞台上、在匿名的同行者间迷失，这使他们对生活的希望变得更加强烈。有些人把从大使馆补贴中积累的微薄积蓄花在巨大的蜡烛上，然后放入器皿中燃烧，仿佛这把火会焚烧他们所有的罪恶，然后赎回他们的生命。接着他们绕着十字架和小教堂，在生命的真理面前衡量它们的完美。傍晚，在回程中，他们的脸上都带着无声和宁静的表情，领悟归于亚当和夏娃子孙身上的惩罚。

几天后，当一些病人正在布置房间周围的装饰时，我看到三个大约15岁的年轻少年进来，直奔舞台走去。他们戴着美国说唱歌手的帽子和太阳镜，穿着运动鞋，然后随着扬声器传来的节拍开始彩排。他们用麦克风介绍自己，这个组合叫作G兄弟，成员包括迈克G、巨人G和强壮G。他们的表演安排在傍晚，在何塞的节目和朗读诗歌之后。他们的动作看起来像是模仿某个美国艺人：手指张开，态度激进，脖子上挂着粗大的项链。其中最年轻的是珍妮弗的儿子迈克G，他因为严重的肺部畸形而来到这里，其他两人一个正在等待角膜移植，而另一个因脑部肿瘤刚做完一次危险的手术。

/

有一天，我在楼梯上碰到了寄宿公寓的主人。

他有着一双黑眼睛，头巾下露出眉毛，留着白色的像先知般的胡须，可能有60多岁。他穿着一件长长的穆斯林衬衫，一直到腿，让人看起来更加肥大。他应该是来自印度洋沿岸的穆斯林，很可能来自莫桑比克。他的妻子和儿子也经常来这里。他们是近年来在这里开展生意的来自亚洲社会的家庭之一。

我思考他在这些住客的生活中扮演什么角色。很明显，他和佛得角大使馆之间应该签署了某种协议，一份能让他的寄宿公寓几乎住满，并且可以在每个房间每天收取8欧元的协议。这个价格不高，对于一个贫穷和没有资源的国家的使馆社会服务部门来说是可以承受的。所以病人不能对寒冷、老鼠或蟑螂有太多抱怨。生意就是生意。

他是一个来自另一个半球的人，有着不同的背景和生活。

他出身于一个商人家庭，生命的第一阶段是在一个非洲殖民地度过的，也许是内地的一个偏远地区。殖民的印记应该还深深地刻在他的记忆中。与佛得角人的日常共处只是殖民帝国时代的一个结果。无论是大西洋的岛民，还是生活在欧洲土地的来自印度洋沿岸的穆斯林，他们两者都是生活在帝国的遗迹之中。他现在的生意是他们的祖先在葡萄牙殖民地特权的延续，那就是穆斯林商人向非洲人提供货物和服务。

一个似乎没有任何改变的世界。

慢慢地，我明白了这些关系的逻辑，时间和个人生活的联系。房间被一堵堵薄墙隔开。尽管表面上事物看起来发展缓慢,但其中总有非常微妙的变化。有些人痊愈并重新开始生活,有些人变老,有些人死亡。一切都在更新,慢慢地、不断地、不知不觉地变化。

突然间,我开始想象六七十年或更多年前生活在这栋楼里的那些男人、女人和孩子们。他们在阳光灿烂、下雨、酷暑严寒的日子里也在这同一木质楼梯上走上走下。他们是生活在战争年代、广阔蓝天下的人们。那是一个街道上几乎没有行人和汽车,使用蒸汽轮船运送货物的时代,是杂货店老板用粉笔在石板上写上水果价格的时代。

想到佛得角人在此的孤独,想到对着窗前花瓶里鲜花的微笑,想到这些每天穿过寄宿公寓昏暗楼梯的男女们,我思绪万千。孤独并不意味着衰败,它是个人的空间、时间和生活节奏。我想到他们的家人,他们的离开、回归和艰辛的远行。他们一定会怀念岛上的生活、海面上的一角落日和山上荒废的房屋剪影。

在废墟中,无比伟大的爱得到重生,并结出果实。

我相信,在他们生命的花园里,每天都有阳光的承诺。

我想知道人们是怎么看待这些一直在治疗疾病的病人。有人说,理解另一个人的生活的唯一途径是注入我们自己的情感和个人经历。

我想到了那个用塑料袋收集蟑螂的女人,她已经14年没见过自己的孩子了。她来自塔拉法尔,是一个渔民的妻子，在开始化疗前她剪下头发并把它放在一个玻璃罐里，里面装着她的忧郁和孤独。

/

也许是因为我这一段时间拍摄的同胞们的照片，导致我最近连续几个晚上都梦见自己沿着佛得角某个岛屿的狭窄道路行走。

在我反复的睡梦中，道路是阴森昏暗的，几乎都是陡峭的下坡路，狭窄的弯道呈之字形，旁边就是悬崖，下面是急流，悬崖峭壁上生长着一簇簇灌木。下面，在碎石滩边，白色的海浪朝岸边渔民的房子涌来。从梯田和甘蔗园吹来的风摇动着椰子树的树冠。

突然，一股异乎寻常的力量使这整个场景像一个棋盘一样在我面前倾斜，路、山和海所有都陷入可怕的虚无。

16

第二天早上，我喜欢寻找废墟遗迹的特质把我引到了一个破旧的建筑前，它或许是一个仓库或运输公司的旧车库，可能建于这个城市还只是一个海滨小村庄的时候。

一楼，有一个自行车修理车间。

走进车间后，我的眼睛需要点时间才能适应里面的环境。稀少的光线从布满灰尘的天窗里射入，勉强能驱散房间里的昏暗。最远处有几盏灯，在半昏暗中我看到堆满零件的木架、踏板、车轮、自行车框架、车把、头灯、座椅、摩托车引擎、旧收音机和熨斗。

墙上挂着几十辆自行车或自行车的零部件，有一块区域专门用来放置车轮，而另一块地方专门用来摆放链条。工作台旁边，有一排大小不一的山地车和现代自行车。在深色的木质长椅上，放着金属箱、车床、各种工具、螺丝、螺母、垫圈、油漆罐、啤酒瓶，在椅子的一边，有两把打了补丁的黑色皮革扶椅。

尽管巴罗斯已经80岁上下了，但他仍然是一个强壮、果断的男人。他首先告诉我不要被我眼前看到的画面所震惊，这一切都不过是他的一个爱好，他并不着急修理自行车。在车间的尽头，他的妻子告诉我，这项娱乐活动有时会占用他一天十个小时，包括星期六。当老人看到我出乎意料的兴趣后，他取出一本老相册和一些发黄的剪报，指着一个对着镜头站在一辆赛车自行车旁的年轻人。这张照片拍摄于一个自行车比赛中，这个年轻人周围还有许多其他自行车选手。

巴罗斯又拿出一张照片，并告诉我这是1950年他第一次参加环葡萄牙自行车赛时拍摄的，他一共参加了5届。

在另一张照片中，他仍然穿着自行车服，头上戴着巴斯克贝雷帽，坐在一辆带有小型改装马达的自行车上，同一造型也出现在其他照片中。他告诉我，这些都拍摄于非洲。

从车间里传来一股浓烈的机油味和自行车内胎的橡胶味。

尽管巴罗斯年龄很大，但他有一双敏锐的眼睛和一双布满了神经及粗大血管的有力的手。他告诉我，他的孩子们都在等着他死，这样他们就可以拆掉这栋楼，卖掉下面的地皮。他的妻子手肘靠在木质工作台上，加入我们的聊天，帮助他回忆。

接下来的几天，在去码头的路上，我又去拜访了那位老骑手，并参观了建筑后面的院子。一棵开花的杏树是裂开的水泥上唯一的活物。一扇生锈的老门后面是通往二楼的通道，也许这曾是某家公司的旧办公室或住房。

对他来说，没有什么比购物中心的灯光和噪声更令人难以忍受的了。

他还对我坦言，他不理解现在的人们为什么如此痴迷在星期天去逛商场，然后去坐在他们称之为餐厅的地方吃汉堡包，让孩子们在周围跑来跑去。

他的儿子们建议他利用车间良好的地理位置，将它改成销售摩托车或汽车的商店。他的女儿跟他说要把这里变成一个超市。所有人都认为他们从非洲回到这里后在自行车上的投资是失败的。他们不理解老人对自行车的热爱，也不理解自行车对他意味着什么。他告诉我，散落在这里、堆积成山、覆盖着油漆或灰尘的一切，是他生活的全部乐趣。他从来没有想过要改变这里。

"在过去的30年里，这一直是我的世界，我不会用任何东西来与之交换。

"有时我在想，我孩子们的态度，至少大儿子的态度，可能与离开安哥拉时的挫败感和无法适应这个国家有关。有可能这种受挫感是他们失去某种生活的反应，而且这种感觉需要很长的时间才能消化。但生活仍在继续。我们不能永远停留在过去。

"1961年初，当地的农场被袭击并被放火烧毁时，人们非常恐慌。一些人逃进了灌木丛，另一些人举家搬到卡摩那市，大家仿佛在逃离地狱。但没有人怀疑，从罗安达来的葡萄牙军队会在短时间内恢复秩序。

"当看到卡车和吉普车全速驶过，连队士兵人数不断增加时，当地人欢欣鼓舞。在家里，在经历袭击的恐惧和最初的惊吓之后，人们不再谈论它。在那个安静的乡村小镇上，每个人都努力保持表面的平静，装作好像什么都没有发生过。"

巴罗斯继续开着他的雪铁龙接送孩子们上学，在自行车车间工作，并在周日下午到市政游泳池看望他的朋友们。但他们都知道，冒烟的房屋和散落在地上的被砍死的居民尸体的报道不会轻易地从他们的记忆中消失。

当时他们完全没有想到这是结束的开始，15年后他们将被全部驱逐。随着时间的推移，这个家庭默默地接受了他们在安哥拉的日子即将终结的事实。

/

1980年，一名前罗安达商人邀请巴罗斯去他准备在巴西巴伊亚州萨尔瓦多市经营的自行车厂工作。

巴罗斯回忆说那是一种特殊的兄弟情谊，是那些突然被曾经拥有的生活所抛弃后感到无助的人之间所特有的感情。当他带我参观建筑后面时，巴罗斯告诉我，离开安哥拉后，他和妻子回到阿尔加维，带着三个十几岁的孩子重新开始生活，最后他找到一份开出租车的工作。

16

重新开始生活的希望在一年半多的时间里破灭了,他当时只能勉强地养活家庭和供三个孩子读书。夏天,为了赚更多的车钱,他沿着125号国道寻找游客。有时,他从山顶俯瞰入海的平原。法鲁让他想起一个巨大的港口,阳光穿过云层落下,就像梦幻般的圣灵前的神奇光刃。他停下来,把车靠在路边发呆,眼前的景色让他想到安哥拉的平原,这让他感到满足。

"那是一段非常糟糕的时期,难以忍受,"他告诉我,"直到我说服一个朋友把一个旧仓库租给我,就是我们相遇的那个仓库。"当巴罗斯收到去巴西的邀请时,他的生活已经得到一定改善,但他还是上了飞机,去看看巴西是什么样子。让他印象最深的是萨尔瓦多市的人们和气味,他看到长长的道路两旁种满了椰子、杧果和其他热带水果的树木。成群的人们散布在几十千米的海滩上,打球或干脆躺着晒太阳,小贩们向海滩上穿梭的男孩和女孩、男人和女人们兜售商品,其中大部分都是黑人。

一天晚上,他们在红河区海滩边的一家餐馆吃晚饭。在他朋友的眼中,他看到了往昔的光芒,当他们在一条古老的红土路上穿越巴伊亚州的内陆地区时,他仿佛又回到了非洲。他们经过了许多个村镇,在每一个村镇,他都能看到一排排的小型商店、小型维修企业、服务机构、车间、餐馆、小吃店,窗户上都装着铁栅栏,一直到圣弗朗西斯科河畔。

巴罗斯对当地人抵抗贫穷和苦难的非凡能力印象深刻。在最商业化的街道上，小企业广告牌和霓虹灯标志给这些被遗忘的内陆地区带来了一丝现代气息。他问命运之手是否会再次向他展开。

雷孔卡沃·巴伊亚诺的丛林和安哥拉一样炎热和潮湿。当地人的艰苦也给他留下深刻印象，他回忆说，男人和女人都瘦得像树枝，褐色的皮肤，穿着简单，头上戴着草帽，牙床上只有一点牙齿。这座城市平坦而孤独，单层的瓦房和鹅卵石铺成的街道旁有方顶的树，让他想起了安哥拉内陆的城市。

/

当他回到奥良后，老人开始思考巴西的那片新土地。

连续几天，他问自己是否有能力再次改变生活，接受这样的挑战，但他很快得出结论，他的根已深入到他出生的土地。尽管有很好的薪水和职位，但他最终还是拒绝了朋友的邀请。他生命中的热带冒险已经结束了。

巴罗斯向我做了手势，让我陪他到院子的另一边。他跟我说，30年来，他几乎没有离开过车间，而且越来越不想离开这里。在仓库里开始做生意后，他买下了旁边这栋旧楼，并装修了一楼、卧室、客厅、浴室和厨房。他的妻子买来了花瓶，在阳台上种上白玫瑰和迷迭香。"现在，"他说，"我可以几个月不离开这里。总有人来到这里跟我一起聊聊天。"

然后我们走到院子最里面的一个车库前。当我们到达后，他推开一扇木门，里面停着四辆车，每辆车上都覆盖着满是灰尘的黑油布。老人掀开第一辆的油布，是一辆黑色的1954年沃克斯豪尔汽车，里面有完美的方向盘、大灯、仪表板、镜子、原厂仪表和铬合金门把手。第二辆是叶绿色的希尔曼汽车，里面是黑色的皮革内饰。第三辆是同样颜色的1962年汉伯牌汽车，头灯和保险杠之间有一个金属网状格栅。第四辆是一辆线条更老的汽车，车身为红色，轮罩为同一颜色，内饰为白色，车门可以朝前方打开，我不知道它的品牌，也许是20世纪40年代末的福特汽车。

他告诉我，尽管已经过了很多年，车上覆盖着厚厚的灰尘，但每辆车的发动机都性能良好。他跟我说，几年前他用很低的价格买下它们。然后老人打开沃克斯豪尔的车门，坐在方向盘前，伸出左腿，插入钥匙，踩了两三次油门，发动机轰隆隆的声音在车库里回荡，像一只愤怒的猛兽。

老人对我笑了笑。

XI

城里有些地方的阳光似乎比其他地方更加强烈。

它散发出的光仿佛是在邀请我们跳舞,品味生活。

我母亲在蓝色睡衣外套了一件灯芯绒长袍,并穿着同色的绣花拖鞋。我在她的腿上放了一条毯子,然后推着轮椅下坡,走进凉爽的早晨。

这是两个月来,我母亲第一次感受到阳光洒在她脸上的温暖。鸟儿在松树、梧桐树、雪松和桂花树之间歌唱。一群穿着睡衣的病人,大部分是年轻人,从我们身边经过,用空洞且遥远的眼神向我们打招呼。他们占据了我们面前的整条街,仿佛是在有秩序地游行。他们像一群正在前往劳改营的囚犯,或者一排进入军营的新兵。他们低沉的脚步声消失在穿过树冠和树枝的风中。

我不知道这排铁护栏和主楼之外是什么,主楼里有医院的管理层、秘书处和行政部门,它简陋的外立面让我觉得它符合这个世界的现实。

我们默默地继续前行,只有每隔5分钟低空飞过的飞机

XI

声打破这份沉默。

她问我,所有这些从郁郁葱葱的树木中冒出来的建筑和小屋,周围开着百合和茂盛花朵的花坛,是否也是医院的一部分。我低下头,看到她的后脑勺和稀疏的头发。她的头皮就像一块长期干旱的土地,与周围这20公顷公园里茂盛的植物形成鲜明的对比,这里树木茂盛到树枝紧贴二楼的玻璃窗。我感觉我们仿佛走在一个生活质量很高的小区里。我们经过各种针叶树和广阔的松树林,它们将松树与雪松、栗子和加那利岛的棕榈树分开,这个公园里有50多种树木,每天早上的空气都十分清新。

简陋的小屋走廊里挂着现代绘画,但无法掩盖陈旧的天花板,也无法给白色的墙壁和焦黄色的瓷砖地板带来任何生命力。尽管护士和护工们都很专业和友好,但也无法掩盖衰败的痕迹。病人们在缓慢中沉入无限的漠然和他们的平淡世界里。那些在外面漫步的人,在深扎于土里、生命旺盛的翠绿树木间行走的人,无法想象在这些病房里积累的痛苦和不幸。

有时从急诊室传来某个年轻人的叫声,与门铃声混在一起。眼神温柔、手臂有力的看护负责照顾病人。

在我们的漫步中,有很长一段时间她都保持沉默,只是忧郁且无目的地直视前方,仿佛第一次看到大自然和每种绿色的树木。最近几天,她开始特别注意自己的外形,这让我有种感觉,仿佛我们刚刚穿过了一条漫长而曲折的道路。我思考她与这些古树间的联系，这些古树是生命和平衡的源泉，是天与地之间的联系。她最近的顺从反映了她回归生活和我们共处的意愿。我担心长期不运动会对她的四肢和关节有负面影响，特别是对她有关节炎的腿。

我一直推着轮椅，直到我们最终到达门诊室。几分钟后，有人进入候诊室叫她的名字，我们沿着一条走廊来到一间办公室，一位心理医生和一位精神科医生正坐在那里等着我们。她们两人的年龄都不超过30岁。她们开始用医院和老人院里对老人讲话时惯用的幼稚和温柔的语气跟她说话。接着，其中一个人开始一套标准化的调查问卷：你多大了？你知道你住在哪个国家、哪个城市吗？今天是几号？星期几？哪个季节？等等。然后她们问她是否会算术，让她从给的三个数字中减去一个数字。他们还要求她记住"球""橘子"和"猫"这三个单词，并继续问她不同的问题，比如喜欢看什么电视，是否感到孤独，等等。

这两位医生年轻、美丽、聪明、大方，带着简洁的妆容，与许多病人的悲伤、颓废和被抛弃的状态截然相反。

这种对比里有一种我无法完全解释的感情因素。

在医院里，与男医生相比，女医生明显占多数。也许她们更能了解我们内心的难题。从我母亲的病房，我经常看到她们坐着现代化的小轿车来到医院，脸上带着精致的妆容，迈着稳健的步伐，带着年轻的朝气穿过走廊。有一天，她们中的一个人在一个年轻的美国病人旁边停了下

XI

来，这个病人的脸让人想起了切尔西·克林顿，她正在一张A4纸上不停地画美国国旗。医生和她用英语说了一会儿话，并把她逗笑。

这些精神科医生的状态似乎只有树木的旺盛生命力和树枝间鸟儿的歌唱能与之媲美。

其中一个医生又问我的母亲刚才要求记住的三个单词。我的母亲先盯着地板，然后又看看她们，看看我，只说出："柠檬。"接着她低下头，想在手帕中寻求庇护，但在衣袋中掏了半天才拿出来，以至于没来得及掩盖住她的泪水。

我们离开办公室，经过小屋的门。我们又走入满是树荫的路上。她让我停了一会儿，微笑着跟我说："闻一下，闻一下松树的味道。"

17

我乘坐一艘渡船,慢慢地穿过法莫撒入海口,前往库拉特拉岛。

船只在浮标和安全旗的指引下,绕了一个大的半圆,以避开退潮时留下的浅滩。在早晨的这个时候,几十个弯着身的拾贝人用锄头和水桶清除泥浆。海口水域退潮后,可见一排小石墙,它们是拾贝私人区域的标志。

各种小船和快艇停在泥浆中,淤泥里的罗汉竹上挂着彩色的塑料罐,涨潮时它们像幽灵一样浮出水面,作为粗糙的信号浮标。

我在岛上下了船,慢慢穿过渔村狭窄蜿蜒的街道,穿过沙地,来到一个海湾,这里曾是数十名逃避欧洲官僚的水手的避难所。拉直的缆绳将帆船、他们的浮动房屋绑在岸边,形成一个北方流亡者的社区。我继续走在这个讲着葡萄牙大陆最北端语言的地方。

黎明时,退潮入海口的水面开始缓慢上升,涌入沙丘和灌木丛之间的沟渠。我坐在地上,听了一会儿水的声音，它在一厘米一厘米地往前进，侵入干涸的土地。然后水抵达我的身边，包围住我的脚，直到我的双脚被完全淹没。岛上一片寂静，我只能听到自己的呼吸声和水在干地上缓慢行进时的低语声。然后我继续朝西走，穿过灯塔，一直走到水泥浮桥。有那么一瞬间，我仿佛进入一条新的道路，它能穿越我前面的大西洋，一直通向非洲。

18

"我若能说人间的方言，甚至天使的语言，却没有爱，我就成为鸣的锣、响的钹一般。"

《爱的赞歌》的声音从广场另一侧的圣玛丽亚教堂传来。

在旧奴隶市场的入口处，墙壁上金色波纹纸板的装饰象征着黄金，还有红色的装饰象征着俘虏洒下的鲜血。在石拱门下，四个装有辣椒、椰子、象征金粉的土、可乐、坚果、山药的木箱和玻璃箱被一端固定在石板地面上的绳子吊在天花板上，代表商船上的货物。血红色的墙上挂着当时铜银合金硬币的照片。

我在一个阳光明媚的早晨到达拉古什市，去看看1444年8月7日在这个城市上岸的230名非洲黑奴的遗迹，他们开启了葡萄牙和人类历史上的一个黑暗篇章。

运送黑奴的是葡萄牙帆船，帆上还印有基督十字架，其21世纪的复制品就停在海边。在亨利王子广场，航海家的雕像似乎在观察来自英国和西班牙的游客，他们踩在水池边，对着相机摆出夸张的姿势。

我在展览的入口处加入了一个游客团。展览汇集了最近在地下停车场施工中发现的多项历史文物。展厅的面积比我想象的要小。我的注意力立刻被一个护身符或装饰品所吸引，那是一个象牙造的四条腿动物，没有头，也许是一只山羊，尾巴向上卷起，它的背上被劈成两半，有一部分无法识别的碎片，根据介绍它来自15世纪的塞拉利昂。

紧挨着它的是一个用骨头和铁制成的金属器具的手柄，上面有一个无头女人的身体，一只手遮住乳房，另一只手遮住腹部，也来自15世纪。两根指骨上还留有铜环，上面布满了青铜色的锈迹，旁边还有一个精致的绿色磨砂玻璃小瓶子，也许里面是古代灵丹妙药的结晶。旁边还有一条漆黑的项链，一个铜合金手镯、珊瑚耳环和其他装饰品，都产自15世纪。

但最吸引参观者的是一个一平方米多一点的亚克力盒子里的东西。它被放在古老的壁炉旁边，在一根腐朽的木梁下，两边是两块大理石板。这名19岁少年头骨的上门牙清晰可见，它们按照西非海岸的传统被磨尖。他的双腿蜷缩，头侧向左脸，仿佛正在永恒的深沉睡眠之中。挂在天花板上的两台投影仪射出的光线反射出盒子丙烯酸表面上几十个儿童游客的指纹。

在我身后，一些年轻的游客与他们的父母一起评论红墙上戈梅斯·德祖拉拉所写的《几内亚的发现和征服编年史》英文版文本中的印刷错误，该书与展品一起展出。在房间的正中央，一个电视屏幕播放着画在羊皮纸上航海家亨利王子的绘画肖像变化，它的放映效果让人联想到流行博览会上的镜子大厅。面板上的一张放大照片再现了当时的地层，也就是这副年轻骨架所在的原始场所，它被人们遗忘了四个多世纪。再次经过铜环的展示柜时，我发现玻璃门像一个遮篷窗一样，很容易被打开。

/

古老的加法利亚谷位于城市中世纪边缘的托若思河边的山坡上，现在是一个绿色、宁静、适合沉思的公园，但很少有人知道它隐藏着一个世纪的悲剧。

在绿环停车场的挖掘工作中，在这里的一个旧"垃圾堆"中发现了155具非洲奴隶的骸骨，其中大多数人的双手和一只脚被捆绑着。他们被剥夺自由，像他们一直以来的生活一样，最后他们和家庭垃圾一起被扔到了这块安息之地。这些骸骨的挖掘揭露了他们的悲惨经历。

其中有些人被有尊严地埋葬，也许是因为他们是受洗过或获得自由的奴隶。

拉古什市外的停车场主入口旁，麻风病院遗址矗立在阳光下，旁边是通往草坪公园的人行道。女人们独自在遛狗，几对游客夫妇对着相机在摆弄姿势。新赛尔卡海滩和它的四个堡垒将这个小镇分开，山谷连着一个小山丘，到处都种植着橄榄树、棕榈树、无花果树和年轻的杏树。

这是一个美丽安静的地方，像地毯般的草地将死亡和遗忘覆盖。

除了汽车的声音，还能听到蝉鸣、空中的昆虫和海鸥的叫声。这里没有任何关于奴隶旧坟的信息，但却有不少其他地方不常见的狗粪袋分发装置。从小山坡的高处，我可以看到远处的蓝色海湾和波尔蒂芒海滩，以及海边的现代塔楼。在我的右边是现代化的6层公寓楼，街道上穿梭着汽车，在山谷的一侧有一个儿童游乐场，里面有适合年轻人滑旱冰的休闲设备，还有一个好像是用来表演的地方。

我坐在草地上，想起展厅里指骨上套着的铜环。我试着想象1444年8月的那一天，当非洲人抵达时，在恐惧和疲惫中看到第一座山丘，漫长的海岸线后面有两处高地。这条狭窄的河流穿透了那片将迎接他们的未知土地。他们可能还听到了神秘的教堂钟声,他们还无法想象这钟声意味着什么。他们还会看到城墙上的塔楼和从山上一直到河左岸的房屋,长长的海滩向东延伸连接着一个宽阔的海湾,这是他们经过海上几周的疲劳、饥饿和干渴后目光最远可以到达的地方。

/

他们来到河边,船慢慢停了下来。

许多人因为从来没有坐过船,所以晕船、生病。

黑奴们随后发现船员们离开了船,迎接船员们到来的亲朋好友的喜悦声也越来越远。他们在船上过夜,第二天早上,黑奴们听到留着胡子、穿着铠甲铁衣的白人首领示意他们下船,然后他们被带走。当他们到达城外的一片宽阔田野时,他们无不认为自己会被围在他们周围的人们杀死和吃掉。

当地人曾听说过摩尔人,但除了拉古什的水手在城市酒馆里讲述的故事,还没有人亲眼见过真正的黑人。城里、周围村县的居民那天早上都停下手头的事过来一睹"野蛮人",他们看到黑人们低垂着满是泪水的脸,绝望地向上天寻求帮助,在痛苦和疾病的呻吟中与他们的同伴交换失落的眼神。

葡萄牙王子的编年史家为后人记录了黑奴们如何用手掌拍打自己的脸,并按照他们当地的习俗,扑倒在地上,诅咒自己的运气,或用歌声哀叹自己的不幸。这个戏剧性的场面持续了几分钟,这时来了一些人,突然间加剧了场面的混乱,这群外邦人似乎疯了一般。兰萨罗特·德弗雷塔斯领导在场的船长把他们分成五组,母亲在一边,孩子在另一边;丈夫在一边,妻子在另一边。他们试图平均分配猎物,黑奴间的亲属关系在这里没有任何意义,他们被分到哪儿,就必须去那里。

在德祖拉拉的记录中,当黑奴们意识到要被强制分离时,他们紧紧抓住对方,试图抵抗。孩子们跑向他们的父亲,母亲们拼命地寻找自己的孩子。他们倒在地上紧紧把对方搂在怀里。他们不肯松手,这种场面使基督教徒感到困惑,也引起了编年史家的怜悯,因为没有人想到,会从被他们认为完全没有人性的"野蛮人"身上看到如此人性的一面。

葡萄牙王子在高高的马背上冷漠地目睹这一切,他相信他有责任让那些野蛮的黑人和摩尔人成为基督徒。黑人和摩尔人在几天内就会从阿尔加维被运送到全国各地,并被卖到塞维利亚和加的斯,而肤色最深的将被带到首都,在里斯本的广场上满足宫廷和当地人的好奇心,然后他们将永远失去妻儿、父母、兄弟,并开始体验那难以形容的恐怖生活。

我想象奴隶每天醒来时发现自己身上背负的沉重诅咒，这不是死亡的天意，他们知道自己已经远离了原来的世界，没有任何可能的回头路。一切都让他们痛苦：身体、失去、故乡、沉默，他们想要打破锁链、墙壁，伸展自己的手臂、腿，然后自由地奔跑、跳跃和尖叫。但最后发现什么都做不了，眼前等待的只有空虚。

/

一个奴隶默默地发问：你以为你是谁？

对我的河流和森林，我的雨水和凉爽的早晨，我的孩子们和在那些土地上狩猎和捕鱼的我的父母和祖父母的笑容，你又知道多少？

看管好你的钱、你的金银、你的珠宝、你的名声、你的毛皮、你的枪械、你的房子、你的桌椅、你的食物、你的衣服、你的土地、你的马、你的船、你的妻子、你的孩子，还有你的朋友。

我每天都在认真地观察着你。星期天，你戴上帽子，去崇拜你的上帝，你在我面前站起来，大喊你是我的主人，我的生命在你手中。但我不仅仅是这个在你面前赤裸裸的、没有穿外套或鞋子的身体。我是我祖先的眼睛，当你背着双手转过身时，我看着你。你的伤口里只有化脓和腥臭的黏液。

但是，我现在只排练了语言。

继续呼吸的希望，因为一个人必须倚靠行动、嘴、牙齿、声音、肌肉和力量活着。在被枷锁束缚的痛苦中，语言还能抵达他们的精神深处，阻止了那些不是被死亡，而是被囚禁的活人的彻底毁灭。

我再次穿过城市去往火车站。

一群非洲男女向游客们出售太阳镜。在明亮的笑容中，黑人女人们在有着牛奶色皮肤的年轻英国女孩头发上编织辫子。我转身回去，又买了一张旧奴隶市场展览的门票。展厅里已经没有人了，员工告诉我，几分钟后展厅就将关闭。当我经过出土文物区时，在确认周围没有人后，我打开存放指骨铜环的玻璃柜，然后伸出手取出最近的一个，把它放入口袋里。

我走向火车站，看着眼前的加油站、英特马诗超市、B&P房地产公司、葡萄酒和啤酒等候室以及汽车站，试图想象曾经分开黑奴家庭和贩卖奴隶的地方。

一个游轮推销员用德语跟我说话，试图向我推销参观海滩边悬崖上的石洞。

我从口袋里拿出小指骨，看着上面的青铜指环，想象一个来自遥远的非洲王国的铁匠师傅。我感觉到骨头的质地脆弱。时间的声音，带着蝴蝶翅膀的翕动和银河的光辉，伴随着利奥波迪娜与姐妹们和其他男孩在河边唱歌的画面，在时空中以诗的形式慢慢来到我的身边：

从那边来了五个黑人妇女,五个人都来自几内亚。

他们从那里来到这里,他们从那里来到这里。

跳着萨里科特、萨里科特、萨里科拉。

图书在版编目（CIP）数据

我们皮肤下的旅程 /（葡）若阿金·阿瑞那著；毕梦吟译. -- 成都：四川文艺出版社，2022.8
ISBN 978-7-5411-6231-2

Ⅰ. ①我… Ⅱ. ①若… ②毕… Ⅲ. ①纪实文学—葡萄牙—现代 Ⅳ. ① I552.55

中国版本图书馆 CIP 数据核字（2022）第 089615 号

著作权登记号　图进字 21-2022-177 号
© Joaquim Arena（2017）

WOMEN PIFU XIA DE LÜCHENG
我们皮肤下的旅程
［葡］若阿金·阿瑞那　著
毕梦吟　译

出 品 人	张庆宁
责任编辑	卫丹梅　苟婉莹
版权支持	李　博
封面设计	叶　茂
内文设计	史小燕
责任校对	段　敏
责任印制	桑　蓉

出版发行	四川文艺出版社（成都市锦江区三色路 238 号）
网　　址	www.scwys.com
电　　话	028-86361802（发行部）　028-86361781（编辑部）
排　　版	四川胜翔数码印务设计有限公司
印　　刷	成都蜀通印务有限责任公司
成品尺寸	140mm×210mm　　开　本　32 开
印　　张	8.75　　　　　　　　字　数　170 千
版　　次	2022 年 8 月第一版　　印　次　2022 年 8 月第一次印刷
书　　号	ISBN 978-7-5411-6231-2
定　　价	49.80 元

版权所有·侵权必究。如有质量问题，请与出版社联系更换。028-86361795